Kampenwand

18 Kurzgeschichten

Lektorat: Büchermachen · www.buechermachen.de
Satz & Layout: PCS BOOKS · www.pcs-books.de
Covergestaltung: OOOGRAFIK · www.ooografik.de
Autorenfotos: Privat, S. 9 Horst Zinke, www.bzart-photography.de; S. 39 Barbara Ockenfels, Urisk Fotostudio; S. 93 Kelly Williams, www.kellywilliamsphotographer.com; S. 197 Nicole Geck, www.geck-fotografie.de, S. 39
Coverfotos: #63509587 © yod77; #103180157 © Hanna; #108687352 © olly_moll#117307661 © picdom, alle: www.Fotolia.com
Kapitelgrafiken (Kampenwand) und Werbung: Aschauer Autorenwoche, Büchermachen-Team, Gästehaus Stockinger, Gasthof Brucker, Gasthof Kampenwand, Chalet-Aschau, Kampenwand-Bahn, Residenz Heinz Winkler, Steinling Alm, Tourist Information Aschau, Herbert Reiter

Verlag: tredition GmbH
Halenreie 40-44, 22359 Hamburg · www.tredition.de
978-3-7439-5801-2 (Paperback)
978-3-7439-5802-9 (Hardcover)
978-3-7439-8558-2 (e-Book)
1. Auflage (Dezember 2017)

Die Geschichten und ihre AutorInnen

Vorwort

Die Kampenwand – von weither sichtbar. Ganz egal, ob man nun mit dem Auto oder mit dem Zug nach Aschau im Chiemgau reist. Seit ich das erste Mal in Aschau war, fasziniert mich dieser Berg mit seinen markanten Felsgebilden. Dass wir der „Kampe" nun ein ganzes Buch voller Geschichten widmen können, erfüllt mich mit Stolz und Freude. Lassen Sie sich verzaubern von den Gedanken und Gefühlen, die die Kampenwand in den Autoren ausgelöst hat.

Marion Bischoff

Auch dieses Jahr sind wieder die unterschiedlichsten Geschichten auf unseren Schreibtischen gelandet. Jede für sich war ein Abenteuer, in das Marion und ich uns gerne gestürzt haben.

Auch wenn leider nicht jede Geschichte hier abgedruckt ist, die eingesandt wurde, begeistern uns die Ideen, mit denen sich die AutorInnen auf unser vorgegebenes Thema stürzen. Macht weiter so, wir freuen uns schon auf 2018.

Gabi Schmid

Liebe LeserInnen, wir hoffen, dass Ihnen auch dieser 2. Band gefällt und wünschen Ihnen, dass Sie die majestätische Kampenwand auch einmal von Nahem sehen können.

Wiesenphilosophie

Barbara Danner-Schmidt

Barbara Danner-Schmidt, Jahrgang 1962, greift meist für die Tageszeitung zur Feder, aber sie hat auch schon wissenschaftliche Arbeiten und Beiträge für Reiseführer veröffentlicht. Ein Autorenkurs bei Marion Bischoff und die Aschauer Autorenwoche gaben den Anstoß, sich an literarische Texte zu wagen. Zu Hause ist sie in der Westpfalz, wo sie als Gästeführerin aktiv ist und beim Krimitheater gerne in die verschiedensten Rollen schlüpft.

Gipfeltreffen

Ulla Weinheim

Ulla Weinheim, weder jung noch alt, lebt vor den Höhen eines deutschen Mittelgebirges und oft zwischen den Welten. Jene, die wir Realität nennen, und die der Fantasie. Gelegentlich schreibt sie über beide, doch selten teilt sie ihre Geschichten mit der Öffentlichkeit.
Und ja, fotoscheu ist sie auch.

Quiz:

Die Anfangsbuchstaben dieser Geschichte ergeben das Lösungswort:

1	2	3	4	5	6	7	8	9	10

1

Kalte Luft bläst in Ellens Gesicht, als sie den Windschatten der Bergstation verlässt, verfängt sich in ihren langen, rehbraunen Haaren. Gut, dass sie daran gedacht hat, eine Mütze in den Rucksack zu packen. Rasch ist sie herausgezogen und über den Kopf gestülpt. Schon besser.

Der letzte Schnee des Winters klammert sich hartnäckig an das Plateau der Kampenwand, glitzert grell in der Sonne. Die Aussicht auf die bayerischen Alpen ist grandios. Gipfel reiht sich an Gipfel, blau schimmernd in der klaren Bergluft.

„Von den blauen Bergen kommen wir“, summt Ellen vor sich hin. Wie ging es noch mal weiter? Egal. Ellen kommt nicht aus den Bergen, sondern aus dem norddeutschen Flachland.

Sie versucht, die Namen einiger Gipfel herauszufinden, doch die meisten der Findlinge, auf denen sie verzeichnet sind, stecken tief im Schnee. Sie wendet sich um und geht zur anderen Seite des Bergsattels. Gar nicht so einfach, denn unvermittelt steckt sie knöcheltief im Schnee, einmal, zweimal, dann hat sie die Kante erreicht und schaut einer Gondel nach, die ins Tal fährt.

2

Aschau liegt unter ihr in strahlendem Sonnenschein, grün und weiß und rot: Wiesen, Schlossfassade, Hausdächer. Fast wie bei einer Modelleisenbahn, nur dass weit und breit kein Zug zu sehen ist. Im Hintergrund glaubt sie, den Bärnsee zu erkennen, den sie gestern zusammen mit ihrem Freund und dessen Sohn umwandert hat.

3

Michael ist acht Jahre alt, und ein sehr schweigsames Kind. Das sei er schon immer gewesen, auch als seine Mutter noch lebte, sagt sein Vater. Der Junge stellt selten Forderungen, was es schwierig macht, auf seine Wünsche einzugehen. Er muss doch welche haben! Aber er sagt nie etwas.

Als es darum ging, wo sie die Osterferien verbringen sollten, und Philip vorschlug, gemeinsam mit Ellen ins Chiemgau zu fahren, nickte er nur. Echte Begeisterung für irgendetwas hat sie bis heute nicht bei dem Jungen erlebt. Auch nicht das Gegenteil. Manchmal fragt sie sich, ob er überhaupt Gefühle hat.

4

Philip stammt aus einem Dorf am Chiemsee, dessen Namen Ellen schon wieder vergessen hat. Irgendwas mit Rim oder Rum, ganz in der Nähe von Prien. Nach seinem Studium in Lübeck – Robotik und Physiotherapie – bot man ihm eine Forschungsstelle an, und so ist er in Schleswig-Holstein geblieben. Bestimmt spielte auch die zarte junge Frau aus dem Nachbarhaus eine nicht unwesentliche Rolle bei dieser Entscheidung, immerhin hat er sie geheiratet. Nur helfen konnte er ihr nicht. Nach nur neun Jahren fand er sich als Witwer mit einem kaum sechsjährigen Kind wieder.

Glücklicherweise kann er einige seiner Arbeiten zu Hause erledigen, den Papierkram zum Beispiel:

Konstruktionspläne, Abhandlungen, Vorträge. Er entwickelt Präzisionsroboter, quasi mechanische Chirurgen, vor allem für Rückenmarksoperationen, aber hauptsächlich Prothesen für fehlende oder dysfunktionale Gliedmaßen. In der Zeit, die er im Labor verbringt, kümmert sich eine Haushälterin um die Dinge des täglichen Lebens von Vater und Sohn.

5

Ellen selbst arbeitet im Immatrikulationsbüro der Lübecker Universität, und dort ist sie auf Philip gestoßen, im wahrsten Sinne des Wortes. Mit den Armen voller Papiere, sind sie, aus verschiedenen Richtungen kommend, an der Ecke eines Ganges aufeinandergeprallt. Nachdem sie ihre wild verstreuten Unterlagen auseinandersortiert hatten, lud er sie auf einen Kaffee in die Mensa ein. Bestand darauf, es sei seine Schuld gewesen.

Zufall oder Absicht, ein paar Tage danach trafen sie sich in einem Café in der Innenstadt, dann lud er sie in das eine oder andere Restaurant ein, schließlich landeten sie eines Abends in ihrer Wohnung. Er könne nicht zum Frühstück bleiben, sagte er, bat sie aber, am Nachmittag in den Park zu kommen. Dort würde sie den Grund erfahren.

Seither unternehmen sie öfter Ausflüge zu dritt oder verbringen ihre Freizeit in Philips Haus. Allerdings ist auch Ellen nie über Nacht geblieben. Ihre Zweisamkeit findet ausschließlich in ihrer Wohnung statt. Immer verlässt Philip sie gegen Mitternacht

„Wenn ich es nicht besser wüsste, könnte ich glauben, dass du dich mit dem zwölften Glockenschlag in einen Dämon verwandelst“, scherzt sie manchmal.

Aber natürlich ist es Michaels wegen, der zuweilen in den frühen Morgenstunden, von einem Albtraum erwacht, in Philips Bett kriecht. Nicht auszudenken, wenn er es einmal leer vorfinden würde. Oder sie in den Armen seines Vaters.

6

Nadine, Ellens kleine Schwester, ist überzeugt, dass Philip sie seinem Großvater und seiner Tante, die in seinem Heimatdorf leben, vorstellen will und ihr einen Heiratsantrag machen wird. Ellens Einwand, dass sie erst seit einem halben Jahr zusammen sind, lässt sie nicht gelten.

„Schau, er braucht schließlich eine Mutter für Michael“, hat sie gesagt. „Du kommst doch ganz gut klar mit dem Knirps, oder nicht?“

„Das trifft auf seine Haushälterin auch zu.“

„Aber mit der schläft er nicht. Zwei Fliegen mit einer Klappe. Drei sogar, denn wenn er dich heiratet, spart er auch noch ihr Gehalt.“

Diese Behauptung ist so abwegig, dass Ellen sich eine Erwiderung verkniffen hat. Sie ertappt sich aber dabei, trotzdem über eine mögliche Heirat nachzudenken. Darüber, ob Michael sie als Stiefmutter akzeptieren wird.

7

Will sie überhaupt heiraten? Und will Philip es? Falls ja, warum wollte er nicht, dass sie ihn heute zu seiner Familie begleitet? Der Alte sei etwas schwierig, hat er gesagt, und dass er zunächst die Lage sondieren wolle. Seine Tante könne ein echter Drache sein, hätte aber einen Narren an Michael gefressen, sodass er sich zumindest um ihre Reaktion auf seinen Besuch keine Gedanken mache.

„Mach dir auch um mich keine. Ich fahre mit der Seilbahn auf die Kampenwand. Auf diese Weise haben wir heute beide eine Art Gipfeltreffen. Soll man von dort oben nicht sogar den Chiemsee sehen? Wir können uns gegenseitig zuwinken."

Was natürlich sinnlos ist, nicht nur, weil an dieser Stelle die Bergflanke den See verbirgt. Aber von der Gondel aus hat sie ihn gesehen.

8

Allmählich kriecht die Kälte durch Schuhe und Socken, beißt in ihre Zehen. Bevor sie festfriert, sollte sie sich besser auf den Weg machen. Bis sie den halbwegs planierten Panoramaweg erreicht, bricht sie erneut im Schnee ein, einmal sogar bis fast zum Knie. Was würde es für einen Spaß machen, gemeinsam einen Schneemann zu bauen. Oder einen Schneehasen, in Anbetracht der Jahreszeit. Aber Michael hat Höhenangst, er wird nie in eine Seilbahn steigen. Er hat sich ja schon geweigert, auf ihren Balkon zu gehen. Regelrecht panisch war er, dabei liegt ihre Wohnung nur im dritten Stock.

Das Fortkommen auf dem Panoramaweg erweist sich als schwierig, weil auch hier die Schneedecke nicht besonders stabil ist. Zwar orientiert sie sich an den zahlreichen, unterschiedlich tiefen Fußspuren, sinkt aber immer wieder plötzlich ein. Sie sollten Schneeschuhe verleihen. Warum ist bisher niemand auf diese Idee gekommen?

9

Nur noch bis zur nächsten Anhöhe, nimmt Ellen sich vor. Vielleicht kann sie von dort aus einen weiteren Blick auf den Chiemsee werfen. Es macht wenig Sinn, weiter zu gehen, denn außer der SonnenAlm haben alle Hütten noch geschlossen. Wetterbedingt, steht auf dem Schild am Anfang des Panoramaweges. Natürlich lohnt es sich nicht. Die Wanderer, die außer ihr unterwegs sind, kann man an einer Hand abzählen.

Kurz bevor sie ihr Ziel erreicht, zieht es ihr plötzlich die Füße weg, und sie rutscht bäuchlings etliche Meter zurück, landet in einer Schneewehe. Gut, das war's dann. Sie kämpft sich zurück auf den Weg, klopft sich den Schnee von Jacke und Hose und steigt vorsichtig den Hügel hinunter.

Während sie in der Gaststube der SonnenAlm ihre Hände an der heißen Teetasse wärmt, überlegt sie, ob Philip vielleicht auch eine Bauchlandung hinter sich hat. Oder einen Höhenflug, wie der Paraglider, den sie durch das Fenster beobachtet. Und was das für Folgen haben könnte. Ob sie noch dort sind oder bereits im Zug zurück nach Aschau sitzen? Er wollte ihr eine Nachricht schreiben, aber hier oben hat sie kein Netz, wie sie mit einem Blick auf das Display ihres Smartphones feststellt.

10

Die Gondel der Kampenwand-Seilbahn schaukelt sacht hin und her. Als Ellen die Talstation verlässt, überfällt sie unerwartete Wärme. Sie kommt einerseits von der Sonne, andererseits von Philips strahlendem Lächeln. Michael gleitet von der Motorhaube ihres Autos und läuft ihr entgegen. Sein Vater folgt ihm etwas langsamer.

Auf jede Nacht folgt ein neuer Tag

Heike Stadelmann

Heike Stadelmann, geboren 1967, lebt mit ihrer Familie sowie ihren Katzen und Pferden auf dem Land auf einem alten Bauernhof. Auf ihren ausgedehnten Streifzügen zu Pferd sammelt sie Wildkräuter, die sie unter anderem für die Herstellung von Naturkosmetik verwendet. Die Natur inspiriert sie zu Texten, die den Leser anregen, über sich und den Sinn des Lebens nachzudenken. Am liebsten schreibt sie in ihrem Strandkorb im Garten.

Das Wort leuchtet in deine Seele und
spürt deine Sehnsüchte auf.

Judith sitzt unter dem Rosenbogen auf der blauen Bank im Garten – *seiner* Lieblingsbank – und starrt ins graue Nichts.

Regentropfen perlen von ihrem lockigen Haar und tropfen wie Tränen auf ihren verblichenen Trenchcoat. Nichts wird je wieder so sein wie früher. Keine Macht der Welt vermag ihren geliebten Mann zurückzubringen. Nie wieder wird sie Georgs ansteckendes Lachen am Frühstückstisch hören. Wie kein anderer, hatte er das Gespür besessen und bemerkt, wenn sie einen anstrengenden Tag vor sich hatte und Aufmunterung brauchte.

Stets hatte er sie ermutigt, ihrem Herzen zu folgen. Nie den einfacheren Weg zu gehen. Auch damals, als ihr der Mut gefehlt hat, ihren sicheren Job als Forstbeamtin aufzugeben und ihren Traum wahr zu machen, als freie Fotografin zu arbeiten, hatte er ihr den Rücken gestärkt.

„Man lebt nur einmal– und das intensiv“, hatte er dann gesagt.

„Geh nicht nur die glatten Straßen.
Geh Wege, die noch niemand ging,
Damit du Spuren hinterlässt und
nicht nur Staub.“

Dieses Zitat von Antoine de Saint de Exupéry war ihm besonders wichtig. Immer wieder hatte er diese Zeilen zitiert und auch danach gelebt.

Seufzend legt sie eine Hand auf ihre Brust. Da ist er wieder der Schmerz, der ihr Herz zu erdrücken scheint. Bei jedem Atemzug wird er stärker. Es fühlt sich an, als steche er tief in ihre Seele.

Sie hatte sich nicht von ihm verabschieden können! Wer konnte damit rechnen, dass sein Herz urplötzlich aufhörte zu schlagen? Es ging ihm gut. Nie hatte er geklagt und so hatte sie sich auch keine Gedanken gemacht, ob er Herzprobleme haben könnte. Der Herzschlag ist selbstverständlich, wie so vieles im Leben.

Nur noch zwei Tage, dann jährt sich sein Todestag das erste Mal. Sie schluckt. Ihre Kehle ist wie zugeschnürt. *Wenn ich doch nur diesen Tag aus meinem Gedächtnis streichen könnte! Und jetzt auch noch der Streit mit Eva. Warum versteht sie mich nicht? Sie ist meine beste Freundin, da müsste sie doch wissen, dass ich Georgs Sachen noch nicht wegräumen kann?*

„Fang endlich wieder an zu leben!" Evas Worte hallen noch immer in ihren Ohren nach. Sie schüttelt den Kopf.

„Es ist schon schlimm genug, dass ich ihn auf seinem Kopfkissen nicht mehr riechen kann", flüstert sie. Seit einem Jahr hat sie sein Bett nicht frisch bezogen, um seinen Duft zu bewahren. Jeden Abend legt sie den Kopf auf sein Kissen und stellt sich vor, er liege neben ihr.

Sie hat es sich zum Ritual gemacht, allmorgendlich sein Aftershave zu öffnen und daran zu schnuppern. Es fühlt sich dann wenigstens für einen Moment so an, als begrüße er sie.

Als ob das alles etwas daran ändern könnte. Er kommt nie mehr zurück. Nie mehr!

Sie zieht ihre verkrampften Schultern hoch und steckt die eiskalten Hände in die Manteltaschen. Da berühren ihre Fingerspitzen ein zusammengefaltetes Blatt Papier. Ihre steifen Finger schließen sich fest darum. Georgs Brief. Ihre Handflächen pulsieren.

Erst gestern hat sie ihn in dem kleinen Holzkästchen auf seinem Schreibtisch gefunden. Diese Miniatur-Schatztruhe hat sie ihm selbst aus Zirbenholz angefertigt, da er den Geruch dieses Holzes so geliebt hat.

Dieser Brief ist eine Aufforderung, ihr Leben zu leben, – auch ohne ihn – falls ihm etwas zustoßen sollte. Als hätte er geahnt, dass sie sich alleine kraftlos wie ein Baum ohne Wurzeln fühlen würde. Ein Baum, der von Tag zu Tag mehr von seiner Lebenskraft verliert.

> *„Steh nicht an meinem Grab und weine, ich bin nicht dort.“*

Diese Zeilen seines Briefes haben sich in ihren Kopf gebrannt. Sie schlingt die Arme um ihren Körper und wünscht sich Georgs Nähe.

Einmal haben sie darüber gesprochen, was sein

würde, wenn einer von ihnen den anderen früher verließe. Er hat seine Hand auf ihre Brust gelegt und gesagt:

> *„Liebe Ju, vergiss nie, du hast mich für immer hier in deinem Herzen."*

Sie beißt sich auf die Lippen, bis sie schmerzen. *Ju,* so hat er sie genannt. Sie verstärkt den Druck ihrer Arme und versucht sich seine wärmende Hand auf ihrer Brust vorzustellen. Doch statt der vertrauten Wärme kriecht nur noch mehr Kälte durch ihren Körper.

Auf einmal trommelt sie mit den Fäusten auf die Bank, bis die Haut an den Fingerknöcheln aufplatzt und stöhnt: „Ach, Georg, warum hast du mich alleine gelassen? Wir wollten noch so viel gemeinsam erleben. Und überhaupt – was maßt sich Eva an, mir vorzuschreiben wie und wann ich meine Trauer überwinden muss! Sie, als überzeugter Single, hat doch keine Ahnung, was es bedeutet, die Liebe seines Lebens zu verlieren!"

Plötzlich springt sie auf. *Ich muss hier weg! Dieses Gedankenkarussell halte ich nicht mehr länger aus.*

Es regnet in Strömen. Gespenstisch fliegen die schemenhaften Schatten der Landschaft im Lichtkegel ihrer Autoscheinwerfer vorbei. Eine Irrfahrt ins Nichts.

Da sieht sie ihn kommen, den mächtigen Baum am rechten Straßenrand. Ihren Blick kann sie kaum noch von ihm wenden.

Gib Gas, dann findest du endlich Frieden, dröhnt eine Stimme in ihrem Kopf. Rasend schnell kommt der Baum immer näher. Sie schließt die Augen, drückt den Fuß fest auf das Gaspedal. Ein, zwei Herzschläge lang. Alles egal, alles vorbei.

Auf einmal quietschen die Reifen, sie wird hart nach vorn geschleudert. Das Auto schlingert unkontrolliert. Sie klammert sich am Lenkrad fest, spürt jeden Stoß. Dann ist Ruhe. Ihr Herz hämmert gegen ihre Rippen, ihr Nacken schmerzt und sie hat den metallischen Geschmack von Blut in ihrem Mund.

Was ist geschehen? Verwirrt öffnet sie ihre Augen. Der Motor vibriert unbeeindruckt, die Scheinwerfer beleuchten den Teil einer Wiese. Benommen dreht sie ihren Kopf zur Seite. Nicht weit von ihr reckt sich der mächtige Baum unversehrt in die Dunkelheit empor. Ihr Kopf dröhnt. Sie lässt sich vornüber auf das Lenkrad fallen, ihre Hände noch immer krampfhaft daran festgeklammert. Warum hat sie gebremst? Sie schluchzt auf und endlich strömen all die ungeweinten Tränen aus ihr heraus.

Nur langsam versiegt der Tränenstrom und sie spürt, dass dieser einen Teil der Trauer mit sich gerissen hat. Sie blinzelt und nimmt das erste Mal bewusst wahr, dass sie im Auto sitzt und der Motor noch immer läuft. Die Scheibenwischer quietschen im Takt auf der trockenen Scheibe. Es hat aufgehört zu regnen.

Ruhe hat sich in ihr ausgebreitet, aber ihr ist kalt. Ein Schauer durchläuft ihren Körper. Sie schlingt die Arme um sich.

Auf einmal weiß sie was sie zu tun hat. Locker legt sie ihre Hände auf das Lenkrad und gibt vorsichtig Gas. Der Motor dröhnt lauter, die Reifen surren. Doch nichts! Das Auto bewegt sich nicht von der Stelle.

„Bitte lass mich jetzt nicht feststecken!“ Mit klopfendem Herzen drückt sie ihren Fuß fester auf das Gaspedal. Der Motor heult anklagend auf. Plötzlich geht ein Ruck durch das Auto und es schießt vorwärts. Sie verringert das Gas und langsam steuert sie das Auto auf die Straße Richtung Süden zu. Seufzend atmet sie aus, dabei geht ihr Blick nach oben. *„Danke.“* In diesem Moment bricht der Vollmond durch die Wolkendecke.

Je näher sie ihrem Ziel, dem Chiemgauer Land, kommt, desto klarer wird der Himmel. Die zahllosen Sterne und der Mond erhellen die Umrisse der nahenden Berge.

Kurze Zeit später fährt sie mit knirschenden Reifen auf den nächtlich verlassenen Parkplatz der Kampenwandbahn in Aschau. Zaghaft weitet sich ihr Herz.

Bevor sie aussteigt, tastet sie im Handschuhfach nach der Taschenlampe. Anschließend klettert sie aus dem Auto und atmet tief die kühle Nachtluft ein, dabei glaubt sie, den Duft des würzigen Bergheus schon zu riechen.

Vom ersten Schritt an hat sie das Gefühl, dass Georg bei ihr ist. Als durchdringe sein Geist sie mit Hoffnung und Selbstvertrauen.

Der grelle Lichtkegel der Taschenlampe tanzt über Wurzeln und Steine. Sachte rauschen die Bäume im Wind. Je weiter sie hinaufsteigt, desto leichter fühlt sie sich. Mit dem Schweiß, der ihr zunehmend den Rücken hinabfließt, scheint ihr Körper die Schwere loszulassen.

Sie läuft den Weg, den sie schon unzählige Male mit Georg bei Dunkelheit gelaufen ist. Es war ihr jährliches Kennenlerntag-Ritual. Selbst nach fünfunddreißig Ehejahren noch Hand in Hand, im Dunkeln am frühen Morgen die Bergtour auf die Kampenwand zu beginnen, um den Sonnenaufgang auf dem Berg zu erleben. Wärme durchströmt sie bei dem Gedanken. Wie Bilder tauchen die Erinnerungen vor ihren Augen auf:

Sie sitzt am Wegesrand zwischen blühenden Bergkräutern und sucht verzweifelt nach einem Pflaster in ihrem Rucksack, um ihre wund gescheuerte Ferse abzukleben. Sie erschreckt, als sie feststellt, dass sie das Erste-Hilfe-Set vergessen hat. Was soll sie nur tun?

Vernünftiger wäre es, umzukehren. Aber sie hat schon über die Hälfte der Wegstrecke geschafft.

Plötzlich taucht ein sportlicher Mann mit breiten Schultern vor ihr auf, ungefähr in ihrem Alter – wie ein Retter aus dem Nichts. Georg.

Sie lächelt in Erinnerung daran und weiß auch sofort, was ihr erster Gedanken gewesen war: *Das ist ein Mann, der dich durchs Leben tragen kann. Ja, sie haben sich auf ihrem gemeinsamen Lebensweg gegenseitig gestützt, wenn es nötig war.*

Der fremde Wanderer verbeugt sich vor ihr.

„Ich bin leider nicht dein Märchenprinz aus Aschenputtel und bringe dir deinen passenden Schuh! Aber mit einem Pflaster kann ich aushelfen." Dabei strahlt er sie aus seinen blaugrünen Augen an, in deren Tiefe sie vom ersten Moment an versinkt.

Er besteht darauf, sie zu verarzten.

Wenn sie daran denkt, spürt sie seine warmen Hände mit den langen, schlanken Fingern auf ihrem Fuß.

Wie behutsam er dann das Pflaster aufgeklebt und sorgfältig glatt gestrichen hatte. Anschließend waren sie gemeinsam den restlichen Weg auf die Kampenwand gewandert. Und nicht nur den. Sie tastet nach ihrem Ehering, den sie noch immer am Finger trägt. Wieder verliert sie sich in den Erinnerungen:

Auf dem Gipfel teilen sie sich wie selbstverständlich das Vesper. Ihr Magen flattert, als sie sich daran erinnert, wie sie abwechselnd in ihren Apfel beißen und er ihr hinterher sanft einen herabrinnenden Safttropfen mit seinem Stofftaschentuch vom Kinn tupft. Im Gegenzug füttert er sie mit seinem Käsebrot.

In diesem Moment bemerkt sie die ersten Sonnenstrahlen. Sie vertreiben die Schatten der Nacht und tauchen die Bergwelt in eine rosa Farbpalette, einer Märchenwelt gleich.

Auf jede Nacht folgt ein neuer Tag. Sofort kommen ihr Georgs Worte in den Sinn, der selbst jeder Widrigkeit des Lebens etwas Positives abzugewinnen vermochte: *„In jedem Ende liegt ein neuer Anfang. Und im Beginn liegt die Bereitschaft, zu wachsen."*

Warm erglimmt ein Funke der Hoffnung in ihr und breitet sich aus.

Nur noch um die Bergkuppe herum, dann klettert sie schweratmend das letzte Stück über die Felsen hinauf. Noch einen Schritt und jetzt steht sie tatsächlich auf dem Gipfel der Kampenwand! Ihrem Berg. Ihre Augen leuchten.

Georg hat immer gesagt, unsere Liebe ist so mächtig wie unser Berg! Unsere Kampenwand.

Ein lauer Wind streicht ihr sanft über den Rücken, vertraut wie Georgs Hand fühlt es sich an. Gänsehaut überzieht ihren Körper.

Gerade schiebt sich die Sonne als leuchtend gelber Stern über die Unendlichkeit der schneebedeckten Gipfelwelt. Einzelne Sonnenstrahlen glitzern bereits auf dem metallenen Gipfelkreuz. Hier in der Höhe scheint die Welt still zu stehen. Nichts spielt eine Rolle, nichts ist wichtig. Außer der Augenblick und die gewaltige Präsenz der Berge. Sie fühlt sich wie ein Puzzleteil im Gefüge des Universums. Tief saugt sie mit jedem Atemzug mehr von der alles durchdringenden Schönheit der Berglandschaft auf. Ihr Herz wird weich und warm, als ob der Panzer, den der Tod um ihr Herz gelegt hat, zerspringt.

Plötzlich erklingt über ihr der heisere Schrei eines Vogels. Ihr Blick wandert zum Himmel. Ein Steinadler! Schauer laufen in Wellen über ihren Körper. Diesen majestätischen Vogel hat Georg so geliebt.

Sie lächelt unter Tränen und legt ihre Hände auf ihre Brust.

„Leb wohl, Georg.“, flüstert sie. „Du wirst immer in meinem Herzen sein. Ich habe jetzt verstanden, dass loslassen nicht vergessen bedeutet.“

„I gangat gern auf d Kampenwand"

Tanja Petit

„Auch, wenn sie nicht schreibt, schreibt sie." So kündigte sie eine Kollegin bei einer Lesung an. Stimmt! Sie schreibt Werbetexte (Schwerpunkt SEO), Kurzgeschichten, liebt Textarbeit und versucht sich gerade an ihrem ersten Roman-Projekt. Tanja Petit, ist in Ulm geboren und somit ein original „Ulmer Spätzle". Aufgewachsen zwischen den Zeitungen und Zeitschriften eines Presse Großhandels, wurde ihr die Liebe zum geschriebenen Wort schon in die Wiege gelegt.

www.tanjapetit.de

Als Gustl die Küche betritt, empfängt ihn ein liebevoll vorbereitetes Frühstück. Im Brotkorb mit dem weiß-blauen Stoffbezug, passend zur weiß-blauen Tischdecke, frische Brez'n. Der Kaffee in einer Thermoskanne und die Weißwürstl schwimmen in einer weiß-blauen Porzellan-Schüssel, die auf einer Warmhalteplatte steht. Nur das obligatorische Weißbier fehlt. Das hat Rosi, Gustls Angetraute, die heute vom katholischen Frauenbund eingespannt und schon aus dem Haus ist, sicher vergessen. „Pfiat di! Und dass du mir gut auf das Mariandl aufpasst!", hat er sie noch durch die geschlossene Badtür rufen hören.

Eigentlich heißt das Mariandl ja Mary-Ann. Der Vater aus Syrien, die Mutter Amerikanerin. Trotz ihrer doppelten Staatsbürgerschaft gehört sie zu den Flüchtlingen, die in Aschau gelandet sind.

Da Rosi ihre soziale Ader entdeckt hat, hat sie das „arme Mädel" unter ihre Fittiche genommen. Seit ihr gemeinsamer Sohn Hans in München wohnt, hat sie niemanden mehr zum Verhätscheln und lässt ihre ganze brachliegende Fürsorge an dem jungen Mädchen aus.

„Weil sie doch grad' nicht nach Amerika einreisen kann. Wegen dem Trump, dem Depp, dem damischen. Dabei hat sie studiert, da in Syrien. Und beide Eltern hat's verlor'n, das arme Ding. Ärztin mag's werden, die Märi-Änn." Das bindet sie jedem ungefragt auf die Nase, ob er es nun wissen möchte oder nicht.

Es ist acht Uhr dreißig (definitiv zu früh für Weißbier) und Mary-Anns große braune Rehaugen beäugen skeptisch die Weißwürste in der weiß-blauen Porzellan-Schüssel.

„Ja mei, mir san halt hier in Bayern." Gustl zuckt mit den Schultern.

Das ganze Gesicht des armen Mädchens ist ein einziges Fragezeichen. Gustl atmet hörbar aus. *Zefix!* Wie konnte er es schaffen, dem Mädel, das kaum Deutsch spricht, geschweige denn Bayerisch, in die Geheimnisse der bayerischen Kultur einzuweihen? Er wechselt das Thema: „I zeig dir heut' den berühmtesten Berg hier in der Gegend. Die Kampenwand."

Jetzt doziert er in schönstem Hochdeutsch: „Die Kampenwand ist 1669 Meter hoch und schaut aus wie ein Hahnenkamm. Deshalb heißt sie ja auch Kampenwand. Wirst schon seh'n, wie schön des hier in Bayern is'."

Zufrieden lehnt er sich zurück und erinnert sich an einen alten Schüttelreim: ‚I gangat gern auf d' Kampenwand, wann i mit meiner Wamp'n kannt.'

Den rezitiert er lieber nicht laut. Die Anspielung auf seinen stattlichen Bauch, den er liebevoll *Weißwurst-Muskel* getauft hat, von bösen Zungen auch Wamp'n genannt, verkneift er sich wohlweislich. Dieser steckt vorteilhaft verpackt in einer ledernen Kniebundhose mit Latz, die strammen Wad'ln in wollenen Kniestrümpfen mit Zopfmuster und die Füße in erprobten Wanderschnürschuhen.

Nach dem Frühstück reibt sich Gustl geschäftig die Hände und drängt zum Aufbruch.

Seinen betagten Wagen parkt er an der Talstation der Kampenwandbahn. Vom Rücksitz hangelt er den alten Rucksack. Der ist mit zwei Wasserflaschen, Blasenpflaster, einem kleinen Erste-Hilfe-Kasten, Traubenzucker, sowie Feuerzeug und Taschenlampe bestückt. Das Wetter auf dem Berg kann schnell umschlagen, da ist er lieber vorbereitet. Obwohl er dem Wetterbericht, der einen Wetterumschlag angekündigt hat, nicht glaubt.

Aus den Augenwinkeln bemerkt er, wie das Mariandl skeptisch die Gondeln der Seilbahn betrachtet, und ihm einen fragenden Blick zuwirft.

„Nix laufen?“, fragt sie.

„Laufen tun wir runter. Nix rauf.“

Gustl ersteht zwei Tickets bis zur Bergstation. Einfach. Eine blaue Gondel, auf der in weißen Zahlen gut sichtbar die Nummer 14 prangt, hält direkt vor ihnen.

Er bemerkt Mary-Anns Zögern, lächelt ihr aufmunternd zu und schiebt sie energisch in den Bauch der schaukelnden Gondel. Während der ersten Meter ruckelt es ordentlich, doch als sie die Talstation hinter sich gelassen haben, schweben sie, begleitet vom Rauschen des Windes, gen Gipfel.

Besorgt schaut Gustl zum Himmel und erspäht ein paar Wolken, die verdächtig rasant über den Himmel jagen. Sollte der Wetterbericht ausgerechnet heute einmal recht haben? *Schmarrn,* beruhigt sich Gustl. Das Wetter ist einfach perfekt.

„Alt“, stellt Mary-Ann fest.

Recht hat 's, denkt Gustl. Viele Gondeln sind seit der Erbauung 1957 in Betrieb, wenn auch mit neuem Anstrich.

„Zu Hause auch Berge“, bemerkt die amerikanische Syrerin und fügt mit wehmütigem Unterton hinzu: „Viele Berge.“

Vielleicht hätte er sich näher mit Syrien beschäftigen sollen, denkt Gustl leicht verärgert. Er hat ihr ein einmaliges Erlebnis bescheren wollen. Aber so schön, wie die bayerischen Berge, können die in Syrien gar nicht sein! Einen Kommentar auf ihre Bemerkung bleibt er schuldig.

Dann deutet er auf den Chiemsee, der blau schimmernd und in der Frühjahrssonne glitzernd einen Anblick bietet, der Gustls Herz wie immer weit werden lässt.

„Schau, der Chiemsee. Des gibt's in Syrien ned, stimmt's?“

„Schön.“ Mehr hat Mary-Ann nicht dazu zu sagen.

Nach einer knappen Viertelstunde erreichen sie die Bergstation. Entschlossen dirigiert er das Mädel die leichte Steigung Richtung Andachtskreuz hinauf.

Von dort aus führt ein Höhenweg mit grandioser Talsicht zur Steinlingalm. Nach der halben Stunde Fußmarsch brauchen sie sicher eine kleine Stärkung.

Während Gustl kaum einen Blick für die ihm vertraute Umgebung hat, bestaunt die junge Frau die Natur. Dann bleibt sie abrupt stehen.

„Krankenhaus?“, fragt sie und deutet auf eine Berghütte, auf der ein großes rotes Kreuz prangt.

„Na. Des is' die Bergwacht.“ Damit ist für ihn die Sache erledigt, denn er möchte endlich einkehren. Sie sind fast angekommen.

Draußen ist es voll. Sie gehen in die urige Hütt'n, deren Decken so niedrig sind, dass Gustl beim Eintreten automatisch den Kopf einzieht. Nachdem Sie einen Platz gefunden haben, gönnt sich Gustl endlich ein Weißbier, während Mary-Ann an ihrem Früchtetee nippt.

Als sie eine halbe Stunde später die Gaststube verlassen, erwartet sie eine böse Überraschung: Es ist so neblig, dass Gustl die Hand nicht mehr vor Augen sehen kann.

Auf wundersame Weise sind alle Menschen von der Terrasse verschwunden. Der Nebel schluckt alle Geräusche und Gustl ist es unheimlich zumute. So dichten Nebel hat er selten erlebt. Als hätte jemand einen Vorhang vor seine Augen gezogen. Vielleicht hätte er die angekündigte Wetterwarnung doch ernst nehmen sollen.

„Hierbleiben“, spricht ein roter verschwommener Punkt neben ihm. „Nix sehen. Gefährlich.“

Zum Glück trägt sie eine leuchtend rote Jacke.

denkt Gustl und antwortet mit nicht vorhandener Zuversicht: „Schmarrn. Ich kenn' mich hier aus wie in meiner Westentasch'n."

Der Weg aus dem Hütten-Grundstück, das mit groben Rundhölzern umzäunt ist, müsste geradeaus direkt vor ihnen liegen, überlegt er. Stumm spricht er sich Mut zu. Äußerlich lässt er sich natürlich nichts anmerken und marschiert los. Etwas Hartes streift ihn an der Hüfte. Das muss der Zaun sein. *Zefix!*

Gustl hat das Gefühl, plötzlich erblindet zu sein und schielt nach dem roten Punkt in der weißen Suppe. Immerhin hat er die Verantwortung für das Mädel. Nicht auszudenken, wie seine Rosi mit ihm schimpfen wird, würde ihr auch nur ein Haar gekrümmt. Gustl seufzt in sich hinein.

Er scheint den rechten Weg gefunden zu haben, denn es geht leicht bergab. Auch, wenn sich der Untergrund eher nach Gras als nach Weg anfühlt. Erleichtert macht Gustl einen großen Schritt – und sein Fuß tritt ins Leere. Er kommt ins Straucheln, kippt nach vorne. Verzweifelt rudert er mit den Armen und fällt.

Zefix!, will er noch rufen, als er mit der Nase auf etwas verdammt Hartes knallt. Der Schmerz raubt ihm den Atem. Entkräftet kippt er zur Seite und schnappt nach Luft. Er spürt nicht nur, wie ihm Blut aus dem Zinken rinnt, sondern auch, wie sein linkes Knie, auf dem er unsanft seitlich gelandet ist, von einem stechenden Schmerz gepeinigt wird.

Noch mal Zefix!

Große braune Augen schieben sich aus dem Nebel vor sein Gesicht. Besorgt fragt Mary-Ann: „Gustähl, all okay?"

„Ja, ja, passt schon. Halb so wild."

Ächzend versucht er, sich aufzurichten, was ihm nicht recht gelingt, denn sein Knie schmerzt höllisch. *Sackzement! Wie sollen sie nur zum Auto kommen?* Verzweiflung macht sich in ihm breit.

„Gustähl muss aufstehen. Ich helfen."

Das hat mir gerade noch gefehlt, schießt es Gustl durch den Kopf. Das zierliche kleine Ding, kaum größer als eine Zwölfjährige, will ihm gestandenen Mannsbild helfen, auf die Beine zu kommen. Dann fällt ihm ein, dass sie ja Medizin studiert hat. Auf keinen Fall würde er sich von ihr verarzten lassen! Nur über seine Leiche!

„Hallo? Ist da jemand?" Eine kräftige Frauenstimme dringt körperlos aus dem Nebel.

Gustl kann sein Glück nicht fassen. „Hier! Hier sind wir!"

Schon schält sich eine groß gewachsene Silhouette aus dem Grau.

„Ist was passiert? Kann ich helfen? Und überhaupt, was machen Sie bei dieser Supp'n hier heraußen?" Dann lenkt sie ein und stellt sich vor: „Dr. Simone Brinkmann aus München."

„Gustl Gruber aus Aschau", brummt Gustl. „Und das da ist die Märi-Änn."

„Na, dann wollen wir Sie mal auf die Beine stellen."

Zwei kräftige Arme fassen mit sicherem Griff unter seine Achseln und ziehen ihn hoch. Da er nicht als Weichei dastehen möchte, unterdrückt Gustl ein Stöhnen. Ein echter Bayer kennt keinen Schmerz!

„Sind Sie verletzt?"

„Ein bisserl. Aber es geht schon", quetscht Gustl tapfer hervor.

„Ich bring Sie in die Steinlingalm. Da sehen wir uns das Ganze genauer an. Legen Sie den Arm um mich." Das galt ihm. „Und Sie nehmen den Rucksack", weist sie Mary-Ann an.

Simone Brinkmann läuft los. Gustl hängt an ihrer Seite und fragt sich, ob diese Frau einen eingebauten Kompass hat. Mary-Ann folgt ihnen stumm. Bis sie plötzlich vor dem Eingang der Steinlingalm stehen. Es waren nur ein paar Meter.

„Wollten Sie die Aussicht genießen? Ganz schön gefährlich, bei dem Wetter, um die Steinlingalm herum zu laufen", stichelt Simone.

Peinlich betroffen verstummt Gustl. Scheint, als wäre er am Zaun entlang auf den Abgrund zugesteuert. Ihm wird ganz schummrig. Vielleicht hätte er doch auf seine Rosi hören und zum Augenarzt gehen sollen ...

Bevor er etwas zu seiner Verteidigung sagen kann, spricht Simone weiter: „Wir gehen in den Nebenraum. Sie schau'n übrigens zum Fürchten aus."

Gustl räuspert sich.

„Braucht Ihnen nicht peinlich sein. Nur, sich als Eingeborener im Nebel zu verlaufen … Tragen Sie eigentlich eine Brille? Und sind zu eitel sie aufzusetzen?“

Was die sich erlaubt! Ergeben lässt er es über sich ergehen, als sich beide Frauen über ihn beugen, um seine Blessuren zu inspizieren.

„Sie sind Ärztin?“, fragt Gustl hoffnungsvoll.

„Doktor der Biologie, Schwerpunkt forensische Botanik“, antwortet Simone mit einem gemeinen Unterton, wie Gustl findet. Unter „forensischer Botanik“ kann er sich nichts vorstellen. Aber seine Hoffnung schwindet.

„Ich Doktor“, meldet sich Mary-Ann zu Wort. „Eis, brauchen Eis für Nase.“

Die Biologin nickt und verschwindet. Mary-Ann kniet sich vor Gustl und macht sich an seinem Hosenbein zu schaffen. Vorsichtig rollt sie den Kniestrumpf hinunter, in dem ein blutdurchtränkter Riss prangt, und öffnet die ledernen Bänder der Kniebundhose. Seitlich unterhalb des Knies steckt wie eine Speerspitze ein Stück Glas.

Entgeistert starrt Gustl auf den Fremdkörper, der aus seinem Fleisch ragt. Ohne zu überlegen, greift er danach und zieht die etwa vier Zentimeter lange Glasscherbe mit einem Ruck heraus.

„Nein! Viel Blut jetzt.“

Schon quillt ein Schwall Blut aus der Wunde. Es will gar nicht mehr aufhören zu bluten.

Mary-Ann stemmt eine Hand fest auf die Verletzung, mit der anderen wühlt sie im Rucksack. In dem Moment kommt Simone mit dem Eis und erfasst die Lage mit einem Blick.

„San Sie damisch?“, funkelt sie Gustl an und geht Mary-Ann zur Hand. Einen ganzen Turm Kompressen aus dem kleinen Verbandskasten des Rucksacks drücken die beiden Frauen auf die stetig blutende Wunde. Mary-Ann legt gekonnt, fast schon routiniert, einen festen Druckverband an.

Wie in Zeitlupe sackt Gustl in sich zusammen. Das ist zu viel für ihn. Die Biologin, die gerade das Sackerl Eiswürfel auf Gustls ramponierten Zinken packen will, versetzt ihm eine Watsch'n.

„So viel Blut haben Sie nicht verloren, dass es für eine Ohnmacht reicht. Donnerwetter! Sie müssen wach bleiben.“

Sackzement! Trotz seiner Schwäche wallt Ärger in Gustl auf. *Was bildet die sich ein!*

„Ambulance!“, wirft Mary-Ann ein.

Die unechte Ärztin antwortet auf Englisch. Gustl versteht kein Wort. Sie scheinen sich blendend zu verstehen, die bestimmt einen Meter achtzig große Münchner Biologin und die Doppelstaatsbürgerin mit ihrem knappen einen Meter sechzig.

Während die beiden ungleichen Frauen sein Schicksal besiegeln, fühlt sich Gustl ausgeschlossen. Ihm wird immer elender zumute. Bis er bemerkt, dass Mary-Ann den Raum verlässt.

„Wo geht's denn hin?“, fragt Gustl leicht panisch.

„Zur Bergwacht. Ich hab' das Geländefahrzeug, den Bombardier, draußen stehen sehen. Also ist jemand dort."

„Sie können doch das Mädel da nicht allein hinlassen!" Gustl ist außer sich. Wie ein Damoklesschwert schwebt das strenge Urteil seiner Rosi über ihm.

„Jetzt machen Sie mal halblang", schnauzt ihn Simone an. „Mary-Ann ist eine erwachsene Frau. Sie ist Ärztin und stärker, als sie aussieht. Da wird sie wohl zur Bergwacht finden."

„Aber ..."

„Nichts aber!", fährt ihm Simone über den Mund. „Sie macht das schon. Haben Sie ein bisschen Vertrauen."

Gustl klappt der Mund zu. Beleidigt wendet er sich ab. Mit dieser Person würde er kein Wort mehr sprechen!

Die Zeit, die er mit Simone in dem Nebenraum eingesperrt ist, kommt ihm ebenso zäh vor, wie der Nebel. Was würde er für einen Schnaps geben. Doch er sagt lieber nichts.

Endlich kommt Mary-Ann zurück. Im Schlepptau einen feschen „Bergretter", der schnurstracks auf Gustl zusteuert.

„Hallo, ich bin der Toni", stellt er sich vor. „Wie ich höre, wurden Sie schon erstversorgt. Ich kann Sie mit dem Geländefahrzeug mit zur Talstation nehmen. Dort werden sie dann von einem Krankenwagen abgeholt."

Mary-Ann nickt eifrig und Simones Miene drückt Befriedigung aus. Gustl hat es die Sprache verschlagen. Was er davon hält, zählt sowieso nicht. Und diesen Toni hat er noch nie gesehen.

Der Bergwachtler leuchtet ihm mit einer kleinen Stablampe in die Augen. „Sieht gut aus. Ihr Hirn scheint nichts abbekommen zu haben“, stellt Toni zufrieden fest. „Meinetwegen kann es losgehen.“

Gustl ist skeptisch. „Wenn ich mit Ihnen mitkomm', wer zahlt des dann?“

Toni grinst und zwinkert Mary-Ann zu. „Ich muss sowieso ins Tal. Muss ja niemand wissen, dass ich jemand mitnehm'.“ Er zuckt mit den Schultern.

„Klingt akzeptabel“, sagt Gustl und streckt Toni die Hand entgegen, um den Pakt per Handschlag zu besiegeln. Toni schlägt ein und wendet sich Mary-Ann zu. Gustl meint, in dem Blick des jungen Mannes mehr Interesse für sein Mariandl zu erkennen, als er billigen kann.

„Los geht's“, fordert Gustl forsch.

„Wir sehen uns an der Talstation“, sagt Toni sehnsüchtig in Mary-Anns Richtung und hilft Gustl hinaus.

„Kommen die nicht mit uns mit?“, fragt er Toni entsetzt.

„Nicht genug Platz im Geländefahrzeug. Die Frauen nehmen die Seilbahn.“

Gustls Herz rutscht eine Etage tiefer. Er dreht sich um und droht: „Dass ihr mir ja beieinanderbleibt's!“

Wie versprochen, wartet ein Krankenwagen an der Talstation. Samt seiner Rosi, die besorgt um alle herumflattert.

„Das Mariandl hat mich angerufen", erklärt Rosi. „Dem Hansi hab' ich auch schon Bescheid gegeben."

Gustl wird in den Krankenwagen verfrachtet. Rosi wartet auf die beiden Frauen.

Am nächsten Tag wird Gustl von seinem Sohn Hans aus dem Krankenhaus abgeholt. Nachdem der Schnitt genäht worden ist, der eine Ader gestreift hat, hat er eine Nacht zur Beobachtung bleiben müssen. Gustl findet, er sieht ein bisschen aus, als hätte er sich mit den Klitschko-Brüdern angelegt, wie er beim Blick in den Spiegel festgestellt hat. Sein gebrochener Zinken schillert rundherum in Regenbogenfarben. Darauf thront ein weißer Tapeverband.

Zu Hause erwarten Gustl und Hans Leberkas mit Spiegelei, seine Rosi und das Mariandl.

„Johnny!", begrüßt sie Hans mit einem strahlenden Lächeln.

Tschonnie?!? Die Blicke, die sich die beiden zuwerfen, entgehen ihm nicht. Auch nicht das Leuchten in den Augen seines Sohnes und die reizende Röte, die die Wangen des Mädchens überzieht.

Versöhnlich wirft er einen wohlwollenden Blick in die Runde. Das Mädel ist in seiner Gunst rasant gestiegen. Sie hat ihn durch ihr beherztes Eingreifen, nach seiner depperten Aktion mit der Scherbe, vor dem Verbluten bewahrt. Daran glaubt er felsenfest. Und wie sie diesen Toni um den Finger gewickelt hat ... Gustl ist ein bisschen stolz auf sie.

Also, warum nicht Tschonnie? Tschonnie und Mariandl: eine bayerisch-internationale Beziehung - Integration gelungen. Er grinst in sich hinein.

Außerdem wird er künftig mehr auf seine Rosi hören. Der Termin beim Augenarzt ist schon so gut wie vereinbart.

Kampenwandmaler

Marion Bischoff

Für *Marion Bischoff* ist Schreiben Passion und Beruf gleichermaßen. Sie entwickelt vorrangig historische Romane und Kindergeschichten Neben dem Literarischen Schreiben ist sie als Referentin, Fachautorin für pädagogische Verlage und Werbetexterin tätig. Für die Tourist Info Aschau im Chiemgau schrieb sie die Kindergeschichten um die Kampendohle Florian. Inspiration findet Marion Bischoff in der Natur, vor allem in den Bergen. Daher kommt sie jedes Jahr mehrmals nach Aschau, das sie auch ihre zweite Heimat nennt.

www.marionbischoff.de

Erwin schüttelt still den Kopf. So hat er sich das in seinen kühnsten Träumen nicht vorgestellt. Noch vor wenigen Tagen hatte er aus dem Garten zu seinem Berg hinaufgeschaut. Unzählige Male war er dort oben gewesen, bis die Füße ihn nicht mehr trugen.

Und jetzt? Jetzt sitzt er auf einer Wolke, die eindeutig die Form der Kampenwand hat. Um ihn herum viele andere Wolkengebilde. Einige sind besetzt. In der Wolkenwatte sitzen alte und junge Leute nebeneinander. Sie reden, singen, lachen. Einige tragen Laternen in Sternenform in den Händen. Erwin weiß gar nicht, wohin er zuerst schauen soll.

Da schwebt ein Licht auf ihn zu. Je näher es kommt, umso deutlicher erkennt Erwin, dass es ein Mann ist. Er trägt ein knöchellanges, cremefarbenes Gewand. Der Mann mit dem schneeweißen Haar hat nicht eine einzige Falte im Gesicht.

„Willkommen Erwin, willkommen im Himmelreich.“

Verlegen streicht Erwin sich über seine sonnengegerbte Wange. Sein Gegenüber reicht ihm die Hand. Dieser Händedruck fühlt sich anders an, als alle, die er je auf der Erde gespürt hatte. Weich und doch verbindlich.

„Ich bin Petrus. Der Wächter über Sonne und Wolken, Wind und Regen, Schnee und Gewitter. Du hast sicher schon von mir gehört.“ Petrus zwinkert ihm zu.

Erwin nickt, lächelt und mustert den Wetterverantwortlichen von oben bis unten. Sein Gewand wirkt fast durchsichtig. Die nackten Füße sind in der Wolke nur zu erahnen.

„Ich habe gehört, du wolltest deine Heimat nicht verlassen", fängt Petrus wieder an.

„Was? Woher wissen Sie?" Erwin reißt erschrocken die Augen auf.

„Aber doch nicht so förmlich, Erwin. Hier oben im Himmel gehören wir alle zusammen. Wir sind eine große Gemeinschaft und alle per du miteinander verbunden."

„Ich bin also wirklich im Himmel. Es gibt kein Zurück mehr nach Aschau. Zu den beiden Buben?" Erwin versucht, den Kloß in seinem Hals hinunterzuschlucken. Er schließt die Augen.

Wie schön war es doch früher, wenn er auf seiner Veranda lag und den Blick über das Priental schweifen ließ. Jeden Morgen begrüßte ihn die Kampenwand und am Abend verabschiedeten sie sich voneinander. Die Chiemgauer Luft wehte ihm sanft um die Nase, während er die Wanderung der Sonne über seine geliebte Kampe beobachtete. Und jetzt? Er blinzelt, kneift sich in den Arm, doch er spürt nichts.

„Du träumst nicht, Erwin. Sieh dich um." Petrus deutet mit einer ausladenden Armbewegung auf die anderen Wolken. „Schau hinunter. Hier ..." Er reicht Erwin ein goldglänzendes Fernglas. „Siehst du deinen Garten? Deine Enkelsöhne? Dein Dorf?"

Erwin wagt einen Blick durchs Fernglas. Sogleich entdeckt er seine beiden Jungs vor dem hölzernen Liegestuhl, den sie für ihn gebaut haben. Begeistert hatte er Daniel und Thomas von der Irxnschmoiz-Liege auf dem Entschleunigungsweg erzählt. Als dann der Tage gekommen war, an dem ihn seine Füße nicht mehr dorthin trugen, hatten die beiden jungen Männer entschieden, ihm seine eigene Liege mit Kampenwandblick zu bauen.

Aber nein! Was ist das? Erwin zuckt zusammen. Die Jungs weinen. Daniel legt den Arm um seinen drei Jahre jüngeren Bruder. Fast glaubt Erwin, das Schluchzen der beiden zu hören.

Was haben wir für frohe Stunden verbracht, denkt er und wischt sich verstohlen über die Augen. „Wie stolz bin ich durch den Ort gegangen und habe allen erzählt, dass mein Daniel einfach *A Schau* ist, weil er eine großartige Schreinerlehre absolviert hat." Seine Stimme klingt brüchig.

Petrus rückt ein wenig näher an ihn heran. „Mach dir keine Sorgen. Deine Familie wird die Trauer überwinden. Bald strecken sie sich auf deiner Liege aus, schauen zur Kampenwand und erinnern sich an all die schönen Momente, die ihr miteinander hattet."

Erwin hält sich die Hände vors Gesicht und wispert in seine Handhöhle: „Ich hätte ihnen so gern noch einmal sagen wollen, dass ich sie liebe."

„Zeig es ihnen." Petrus berührt Erwins Schulter.

„Aber wie? Wie kann ich es ihnen zeigen? Was

muss ich tun? Kann ich noch einmal hinuntergehen?" Nervös rutscht Erwin auf seiner Wolke hin und her.

Petrus schüttelt den Kopf. Dabei steigen winzige Lichtpunkte auf, die sich um ihn versammeln. „Das brauchst du nicht, Erwin. Du wirst eine andere Lösung finden."

Erwin senkt enttäuscht den Kopf.

„Ich bin sicher, du kannst ihnen deine Liebe auf andere Weise zeigen. Ebenso, wie du es auf Erden tagtäglich getan hast. Sie werden dich verstehen, ganz ohne Worte. Glaub mir." Mit diesen Worten verabschiedet sich Petrus und verschwindet zwischen Wolken und Sternenträgern.

Erwin versucht, seine Gedanken, zu sortieren. In einer Hand hält er noch immer das Fernglas. Sehnsüchtig schaut er hinunter. Er beobachtet Wanderer, die von der Steinlingalm zur letzten Hürde Richtung Gipfel unterwegs sind und die Kühe, die genüsslich von den saftigen Almwiesen fressen. Doch sein Blick wandert immer wieder hinab ins Tal. Dort liegt Daniel auf der Liege im Garten. Sein ältester Enkelsohn visiert die Kampenwand an.

Im gleichen Augenblick fällt Erwin ein Gespräch mit dem damals fünfjährigen Daniel ein: „Opa, kannst du nicht den Petrus fragen, ob er die Felsen der Kampenwand in den Farben der Sonne malen könnte?"

„Wenn ich mal bei Petrus bin, werde ich ihn fragen", hat er damals geantwortet.

Erwin legt das Fernglas beiseite. Suchend sieht er sich um. Es scheint hier keine Grenzen, keinen Anfang und kein Ende zu geben. Wie aus dem Nichts taucht Petrus auf einmal vor ihm auf. „Du willst mich sprechen?“

„Ja!“ Erwin nickt. „Ich weiß jetzt ganz genau, was ich tun muss, um meine Jungs zu grüßen.“ Eilig berichtet Erwin dem Hüter des Wetters von seinem Gespräch mit Daniel.

„Das ist deine Aufgabe.“ Petrus klatscht in die Hände und eine leise Harfenmelodie erklingt. Sofort kommen Engelchen auf ihren Wolken herbei. Jeder Engel stellt ein Sterneimerchen vor Erwin ab. Die Eimer sind mit den wärmsten Farben gefüllt. Von intensivgelb bis hellrot. Von leuchtendorange bis fast weiß.

Petrus taucht einen Finger in das Gelb, beugt sich über seinen Wolkenrand und schüttelt den Finger aus. Nur einen Moment später strahlt das metallene Gipfelkreuz in sattem Gelb.

Erwins Herz hüpft vor Freude. „Und du meinst, ich kann das auch?“ Erwartungsvoll sieht er Petrus an.

„Selbstverständlich. Du bist ab jetzt unser Kampenwandmaler. Gleich morgen früh beginnt dein Dienst.“

Erwin sortiert die Eimer nebeneinander. Angefangen bei hellgelb bis hin zu dunkelrot. Dann setzt er sich auf seine Wolke und wartet. Der Mond übernimmt die Macht und die Sonne verschwindet. Erwin beobachtet die Sternenträger, die jetzt ihren Dienst beginnen. Einer nach dem anderen schaltet sein Licht ein. Ein Stern strahlt besonders hell. Erwin lenkt seine Wolke zu ihm hin. „Wieso leuchtest du denn so hell?“

„Das sind die Geburtstagsgrüße für meine Mama. Sie steht am Fenster und schaut herauf zu mir – wie jeden Tag. Und ich grüße sie heute mit meinem schönsten Leuchten.“

Erwin sieht den Kleinen eine Weile an, streichelt ihm sanft über den Kopf und schwebt wieder zurück an seinen Platz. Direkt über der Kampenwand hält er inne.

Der Mond verabschiedet sich allmählich hinter dem Zellerhorn und die Sonne schickt erste Strahlen über die Baumwipfel. Daniel blinzelt, schubst Thomas neben sich an. „Wir sind eingeschlafen.“

Thomas räkelt sich, dreht sich zur Seite und schnarcht weiter. Daniel kann nicht mehr einschlafen. Er will das Spiel der Sonne beobachten. Kaum hat er sich aufgesetzt, entdeckt er, wie sich der westlichste Kampenwandfels hellrot färbt. Gebannt schaut er zu seinem Lieblingsberg. Sind da eben Farbtupfer vom Himmel gefallen? Er reibt sich die Augen. Schon ist die nächste Felsnase gefärbt, nur etwa eine Nuance heller als die erste. Es dauert wenige Sekunden, dann strahlt auch der Ostgipfel in einem satten Orange.

Daniel springt auf. „Thomas, schnell! Schau! Opa!“ Er rüttelt seinen Bruder an beiden Schultern und deutet zur Kampenwand. „Opa hat mir versprochen, mit Petrus zu sprechen.“

„Worüber?“ Thomas legt die Stirn in Falten.

„Ich habe mir als kleiner Bub immer gewünscht, dass die Felsen der Kampenwand so schön leuchten, wie die Sonne. Und Opa hat mir versprochen, Petrus zu fragen, wenn er bei ihm ist.“

Daniel und Thomas stehen nebeneinander und beobachten, wie die Farben auf den Felsen langsam verschwinden und das Steingrau wieder sichtbar wird.

„Danke Opa“, flüstert Daniel. „Danke für alles.“

Erwin sitzt auf seiner Wolke und tropft noch einmal einen Klecks orange nach unten. Für wenige Sekunden leuchtet das Gipfelkreuz auf.

„Ich habe euch lieb, Jungs“, murmelt er.

Zukunftsperspektive

Monja Luz

Monja Luz hat im September 2015 beim INKAS Institut, Bingen, das Studium für Kreatives Schreiben erfolgreich abgeschlossen. Ihre Abschlussarbeit „Echo des Glücks“ wurde im Februar 2016 beim AAVAA Verlag, Berlin, veröffentlicht. In ihrer Familie wurden schon immer Geschichten (nach-) erzählt, diese Tradition pflegt sie mit Begeisterung. Im Moment arbeitet sie an ihrem zweiten Roman „Tarot – Spiel auf Leben und Tod“.

„Schwanger?"Ungläubig schüttelte Angela den Kopf. Zum dritten Mal scrollte sie durch ihren Handykalender. „Vielleicht habe ich nur den Eintrag vergessen?“ Aber sie konnte sich beim besten Willen nicht erinnern, wann sie zum letzten Mal ihre Periode gehabt hatte. Oder doch, eine Woche vor dem schriftlichen Abitur? Das war vor neun Wochen gewesen. Sie war überfällig, aber schwanger? Was würde Sebastian sagen?

Das Summen des Handys lenkte sie ab. Das Porträtbild ihrer besten Freundin lächelte ihr aus dem Display entgegen.

„Hi Babs.“

„Hi, Süße. Und, bist du bereit?“

„Ach, nein ich habe ja noch zwei Stunden.“ Angela fährt mit dem Finger das Muster ihrer Bettdecke nach.

„Deine Nerven möchte ich haben. Mensch, ein Fotoshooting für dein Einser-Abi. Du wirst berühmt.“

„In Aschau ja, vielleicht noch in Prien.“

„Jetzt freu dich doch. Und dazu der Zeitungsbericht.“

„Das ist doch alles nur wegen dem Stipendium. Dabei bin ich mir nicht sicher, ob ich es annehmen soll.“ Angela ließ sich rücklings aufs Bett fallen. Ihre Hand ruhte auf ihrem Bauch.

„Natürlich, nimmst du das an. Das hast du dir verdient.“ Barbaras Stimme überschlug sich.

„Na ja, aufmerksam sind sie wegen unserem Jugend-forscht-Preis von vor drei Jahren geworden. Du hättest es verdient." Angela lauscht auf die Atemzüge ihrer Freundin.

„Im Gegensatz zu dir habe ich Bio nicht als Hauptfach genommen. Sprachen liegen mir mehr. Und meinen Studienplatz habe ich sicher. Alles gut."

„Wirklich?"

„Klar, Heidelberg ist zwar nicht Japan, aber dafür hab ich es nicht weit nach Hause, wenn der Schuh drückt."

„Oh, Mann. Erinnere mich nicht daran. Allein bei dem Gedanken bekomme ich Heimweh." Unbewusst strich Angela über ihren Bauch.

„Ja, du und deine Berge. Aber in Japan gibt es mehrere Dreitausender, nicht nur den Fuji, da kannst du dich austoben. Das Stipendium ist eine einmalige Sache. So eine Chance kannst du dir nicht entgehen lassen."

„Hm, ja das sagen alle."

„So, jetzt mach dich hübsch. Was ziehst du an?"

„Herr Stadler hat vorgeschlagen, dass ich ein Dirndl trage."

„Ha, das glaube ich gerne", Babs kicherte, „das sieht ihm ähnlich."

„Ja, damit kann ich aber nicht zur Kampenwand rauf. Deshalb ziehe ich meine Lederhosen an."

„Die Kurzen?"

„Ich habe nur das eine Paar", Angela grinste, „meinst du, ich werde Herrn Stadler darin gefallen?"

„Wenn du die anhast, folgt er dir bis auf den Fuji hinauf, ohne zu klagen."

„Na, der soll erst einmal sehen, dass er die Kampenwand raufkommt mit seiner Wampe."

„Der wird hinter dir her hecheln wie ein Hündchen – nicht nur wegen dem Lederhöschen."

Die Freundinnen lachten.

„Jetzt wird es Zeit, dass ich mich zurechtmache. Ich will noch duschen", beendete Angela ihre Blödeleien.

Angela löste das Handtuch von ihrem Körper und betrachtete sich im Spiegel. Ihre Haut schimmerte feucht nach dem Duschen. Ihr Bauch war flach wie immer. Mit beiden Händen umfasste sie ihre kleinen festen Brüste, konnte keine Veränderung spüren. Sie durfte nicht schwanger sein. Schnell verscheuchte sie den Gedanken und schlüpfte in die rot-weiß karierte Bluse, verzichtete auf den Pushup. Sie wollte hübsch aussehen, nicht sexy.

Es klopfte an die Tür. „Liebes, bist du fertig? Wir müssen in zehn Minuten los."

Angela öffnete die Tür, froh dass ihre Mutter ihre Privatsphäre respektierte. „Und, sehe ich aus wie ein richtiges bayrisches Madl?" Angela drehte sich im Kreis.

„A Schau bist", ihre Mutter nahm sie lachend in den Arm. „Soll ich dir die Haare flechten, dann ist es perfekt?"

Das Angebot nahm Angela gerne an. Die Liebe ihrer Mutter hatte sie zu dem gemacht, was sie war. Selbst auf Fremde wirkte sie auf Anhieb vertrauenswürdig. Oft erzählten ihr Leute an der Supermarktkasse beim Warten Dinge, die sie gerade beschäftigten. Angela konnte gut zuhören, das schienen andere zu merken.

„Fesch, wirklich fesch.“ Herr Stadler begrüßte Angela mit einem breiten Lächeln. Sie hatten sich an der Bergstation der Kampenwandbahn verabredet.

„Danke, sollen wir gleich los?“ Angela erwiderte seinen Händedruck und schmunzelte in sich hinein. Für eine Wanderung zur Kampenwand war er nicht gekleidet. Nicht einmal seine Krawatte hatte er gelockert.

„Zuerst machen wir hier ein paar Bilder mit dem Bergpanorama im Hintergrund. Und dann werden wir den Gipfel stürmen.“

Brav lächelte Angela in die Kamera, während sie ihren Gedanken nachhing.

Japan. Sie hätte sich nie träumen lassen, jemals dort hinzukommen, und jetzt würde sie ein Jahr im Land der aufgehenden Sonne studieren. Sie verstand selbst nicht, warum sie vor Freude keine Luftsprünge machte. Weit weg zu sein von allem, was ihr wichtig war, machte ihr Angst.

Aber sie konnte ihre Mutter nicht enttäuschen. Sie war so stolz auf Angela. Ihre Mutter hatte sie allein großgezogen. *„Was wird sie sagen, wenn ich wirklich schwanger bin?“*

Letzten Monat hatte Angela sich bei einem Kindergarten vorgestellt. Sie wurde zum Probearbeiten eingeladen und die zwei Mal drei Stunden waren herrlich gewesen. Die leuchtenden Kinderaugen, wenn sie mit den Handpuppen Geschichten erzählte. Sie hatten ihr den Ausbildungsvertrag unterschrieben mitgegeben und eine zweiwöchige Frist bis zur Abgabe eingeräumt.

„Angela? Hörst du mir zu?“ Herr Stadler stand mit gerunzelter Stirn vor ihr.

„Ach, ich habe über die Zukunft nachgedacht.“

„Deshalb dieses glückselige Lächeln.“ Er zeigte ihr die Bilder. Ein sinnlicher Ausdruck lag auf ihrem Gesicht und eine Hand ruhte auf ihrem Leib. Ein Gedanke formte sich langsam. *„Schwanger werde ich sicher nicht nach Japan fahren.“*

Angela lehnte am Gipfelkreuz. Von Stadler war noch nichts zu sehen. Sie genoss den Augenblick der Ruhe. Versuchte sich zu sammeln. Die Redaktion hatte ihr die Fragen für das Interview vorab zugeschickt. Sie ging ihre Antworten durch. Hier oben auf ihrer Kampenwand, fühlten sich die Worte hohl, falsch an. Sie klangen nicht nach ihr. Das Kreischen eines Greifvogels lenkte sie ab. Ihr Blick folgte dem Bussard, der sich in kreisenden Bewegungen in die Luft schraubte. Dann änderte er die Richtung, ließ sich von der Luft tragen, mit einigen wenigen Flügelschlägen hielt er die Höhe.

„Heimat“, schoss es Angela durch den Kopf und eine unsägliche Sehnsucht erfasste sie, *„nur hier bin ich glücklich.“*

„Na, da habe ich dich ja im richtigen Moment erwischt.“ Herr Stadler riss sie unsanft aus ihren Gedanken. Nach Luft ringend trat er zu ihr und zeigte ihr die Fotos. Beim Anblick ihres Lächelns bekam sie einen Kloß in den Hals. War sie bereit, das alles aufzugeben? Wonach strebte sie, wenn das Glück ihr zu Füßen lag?

Das Interview rauschte an Angela vorbei. Herr Stadler stellte die verabredeten Fragen und schien mit ihren auswendig gelernten Antworten zufrieden zu sein. Dabei fühlte sich Angela zunehmend unwohl.

Nach dem gemeinsamen Abstieg verabschiedete sich Angela eilig von Herrn Stadler. Spontan hatte sie sich entschlossen über die Maisalm nach Aschau zu laufen. Sie brauchte mehr Zeit für sich, wollte zur Ruhe kommen. Was würde Sebastian sagen, wenn sie ein Baby bekommen würden? Im Sommer würde er die Lehre abschließen, die Wahrscheinlichkeit, dass er übernommen wurde, war gering. Ohne regelmäßiges Einkommen konnten sie sich keine eigene Wohnung leisten.

Im Schatten der Bäume kam sie allmählich zu sich. Das beklemmende Gefühl, das Herrn Stadlers

Fragen nach ihrer Zukunft ausgelöst hatte, ließ nach. Die Sonne fand nur an wenigen Stellen ihren Weg durch die dicht wachsenden Bäume. Angela roch das feuchte Moos, sie lauschte auf das Rauschen des Winds in den Baumkronen. Plötzlich wurden ihre Schritte schneller, sie hatte einen Entschluss gefasst und wenn sie sich beeilte, würde sie den Zug nach Prien noch bekommen.

Angela verstaute die Tüte mit dem Schwangerschaftstest in ihrem Rucksack. Hier in Prien kannte sie wenigstens nicht jeder. Noch war der Bericht nicht in der Zeitung. Aber ihr Entschluss stand fest, wenn sie schwanger wäre, würde sie bleiben. Vielleicht könnte sie die Ausbildung zur Erzieherin trotzdem antreten, das würde sich zeigen.

Am Bahnhof setzte sie sich auf eine Bank, es blieb ihr noch Zeit, bis der Zug zurückfuhr. Sie schloss die Augen. Die wärmenden Sonnenstrahlen nahm sie kaum wahr. Wie sollte sie Sebastian am besten von der Schwangerschaft erzählen. Am liebsten würde sie gleich hier zur Toilette rennen und den Test machen.

Das Gejohle lauter Männerstimmen, störte ihre Überlegungen. „Hey, Jungs. Wir wollen doch verantwortungsvoll sein heute Nacht. Hier Kondome für alle."

Ein dunkelhaariger Mann im Anzug warf die bunten Tütchen wie Bonbons zu Fastnacht seinen Freunden in dem Cabrio zu. Die fingen sie lachend auf.

„Super, du denkst an alles, der perfekte Trauzeuge."

Eine Wodkaflasche wurde reihum gereicht. Der Dunkelhaarige entdeckte Angela und lächelte ihr zu. Sie drehte sich weg. Eine blöde Anmache war das Letzte, was sie heute noch brauchte.

„Hi, bist du von hier?" Der Fremde winkte und kam zu ihr. Ungefragt setzte er sich neben sie und bot ihr eine Zigarette an. „Sorry, meine Freunde sind etwas daneben, heute heiratet unser bester Freund. Der Erste, der in den Hafen der Ehe steuert. Da sind wir alle etwas aufgeregt."

„Hey, als Trauzeuge musst du die Brautjungfern bedienen. Verausgabe dich besser nicht schon bei den Dorfschönheiten", rief einer aus der Gruppe zu ihnen herüber.

Der Unbekannte grinste Angela entschuldigend an. Es wirkte ehrlich, als er sagte: „Mal sehen, wie ich den Tag überstehe. Langsam komme ich zu der Erkenntnis, dass Saufen und Vögeln nicht alles im Leben ist. Eigentlich sollte ich aus dem Alter raus sein und das tun, was mein Herz mir sagt und nicht, was andere von mir erwarten."

„Aha", kommentierte Angela, sah ihn dabei an und konnte sich ein Schmunzeln nicht verkneifen. Dann lachten sie gemeinsam, die Ablenkung tat ihr gut.

„Eigentlich wollte ich dich nur fragen, wie ich von hier zum Chiemsee komme", sagte er verlegen.

„Kein Problem. Ihr seid fast da." Sie erklärte ihm den Weg.

Später im Zug dachte Angela an sein erstauntes Gesicht, als ihm auffiel, was er gerade zu einer wildfremden Frau gesagt hatte. Und an seine Worte: „Tun, was mein Herz mir sagt."

„Japan, ist traumhaft, aber ich bin hier glücklich. Doch alle erwarten, dass ich die Chance ergreife. Es wäre verrückt, das Angebot auszuschlagen."

Angela knetete ihren Handballen, noch eine halbe Minute. Sie saß auf dem Toilettendeckel, hielt die Augen geschlossen. Vor ihr auf dem Wannenrand lag das Teststäbchen. Sie hatte gewartet, bis ihre Mutter im Bett war und sie sicher sein konnte, in Ruhe das Ergebnis im Bad abwarten zu können.

„Neunundzwanzig, dreißig", zählte Angela im Stillen zu Ende. Zur Sicherheit wartete sie, bis auch der Handytimer piepste. Dann griff sie nach dem Stäbchen.

„Nicht schwanger." Schnell warf sie es in den Mülleimer, um es gleich darauf wieder herauszuholen. Sie bewegte das Stäbchen hin und her. Aber es war ganz eindeutig nur ein Strich im Display.

„Dann also Japan, juhu, die Würfel sind gefallen." Angela setzte sich auf die Toilette, wartete auf das Glücksgefühl, das sie eigentlich überfluten sollte, endlich lag ihre Zukunft klar vor ihr. Stattdessen rollten Tränen über ihr Gesicht. Ihr kamen die Worte des Fremden in den Sinn. Alle erwarteten, dass sie es toll fand. Aber sie träumte weder von dem

Studium noch von Japan. Sie wollte nicht weg, das wurde ihr plötzlich klar.

Sie lief in ihr Zimmer und holte den Ausbildungsvertrag. Eigentlich hätte sie ihn bis gestern zurückgeben müssen. Wenn sie ihn gleich einwerfen würde, wäre die Frist sicher gewahrt. Sie zog sich an und holte ihr altes Fahrrad aus dem Schuppen. Ihr teures Rennrad stand in der Garage, aber das elektrische Tor machte zu viel Krach, sie wollte nicht riskieren jemanden zu wecken. Angela kam ziemlich ins Schwitzen, das Rad hatte keine Gangschaltung und die Lichter gingen nicht. Doch nichts konnte ihr etwas anhaben. Beflügelt von ihrer Entscheidung trat sie kräftig in die Pedale.

„Heute ist der erste Tag meines neuen Lebens.“

Das Schneeprinzen-paar

Georg Berghammer

Georg Berghammer kam über das Liedtexten zum Schreiben von lustigen Kurzgeschichten. Er besuchte schon einige Kurse bei der Aschauer Autorenwoche, bekommt dabei immer wieder neue Inspirationen und Ideen zu seinen heimatbezogenen Geschichten.

Am Faschingssonntag schaute der Schneemann Leo über die Schlossmauer von Hohenaschau verwundert hinunter auf das Aschauer Land. So etwas hatte er lange nicht mehr gesehen.

Schneeflocken tanzten wild durcheinander. Frau Holle hatte über den Wolken ihr Herz ausgeschüttet. Tränen der Freude fielen vom Himmel. Sie verwandelten sich in glitzernde Kristalle. Aus dem grün-weiss-braunen Fleckerlteppich wurde ein perlweiss strahlender Flockerlteppich. Das Aschauer Land war nun ein Winterwunderland.

Von Schloss Hohenaschau blickte Leo, der Schneemann, hinüber zur Kampenwand. Leo, fühlte sich wie ein Schlossherr. Die eisige Kälte konnte ihm nichts anhaben. Frau Holle und Väterchen Frost beschützten ihn fürsorglich.

Plötzlich fragte sich Leo, „Wo nur ist meine Faschingsprinzessin?“

Da entdeckte er hoch oben auf der SonnenAlm ein bezauberndes Schneemädel. Auf ihrem Haupt trug das Mädl eine Krone mit tausenden Eiskristallen.

Leo wusste sofort: „Das ist meine Lady in Ice.“

Die Prinzessin von der SonnenAlm hatte Leo ebenfalls gesehen und wollte zurücklächeln. Doch sie konnte ihren Prinz Leo kaum erkennen. Zwischen Hohenaschau und der SonnenAlm konnten sich die beiden nur anschauen wie entfernte Verwandte. Leo, der Prinz von Hohenaschau und die Eisprinzessin von der SonnenAlm.

Die Zeit verging rasend schnell. Die Sehnsucht wurde bei Leo immer stärker. Er wollte seiner Lady in Ice ganz nah sein. Der Faschingsprinz von Hohenaschau verliebte sich in die Prinzessin von der SonnenAlm. Er wollte sie unbedingt kennenlernen.

Vor seinem ersten Date war er ziemlich aufgeregt. Wie nur sollte er auf die SonnenAlm kommen?

Frau Holle wusste sogleich Rat: Sie schickte eine weiße Schneewolke.

Pankratius, der Eisheilige gab dem Leo zudem einen kräftigen Schubs, und schwups zog die Wolke mit Prinz Leo Richtung SonnenAlm.

Die kalte Sophie, die auch aus der Eisheiligenfamilie stammte, schob mit dem Bergwind den Wolkenteppich turbomäßig an. Ihr machte es sichtlich Spaß, Leo durcheinanderzuwirbeln.

Dem Prinzen hätte es beinahe den Zylinder vom Kopf geweht. Die Karottennase wackelte, und die dunklen Pflaumenaugen wollten schon aus ihren Augenhöhlen fallen. Leo musste mit aller Kraft seine lockeren Körperteile festhalten, um nicht vollkommen zerzaust vor der Lady in Ice zu stehen.

Etwas verlegen fragte sich der Faschingsprinz, ob seine Erscheinung der Lady in Ice genügen würde. Ehe er sich für seine geliebte Prinzessin noch etwas rausputzen konnte, war er auch schon angekommen. Auf der SonnenAlm setzte Frau Holle mit der weißen Wolke butterweich zur Landung an. Jetzt waren sie sich ganz nah. Leo, der Faschingsprinz von Hohenaschau und die Lady in Ice, die Prinzessin von der SonnenAlm.

Ihre Blicke berührten sich, sie wollten sich umarmen. Plötzlich erschraken beide gleichermaßen.

„Wir wurden nur mit drei Schneekugeln in die Welt gesetzt“ sagte Leo und beide lachten herzlich los.

So war der Bann ganz schnell gebrochen. Die anfänglichen Berührungsängste waren weggeschmolzen. Leo war gleich ganz vernarrt in seine Prinzessin.

Seiner Allerliebsten sang er fröhlich ein bekanntes Lied vor.

„Ich bin ja so verschossen – in deine Sommersprossen“, trällerte er lustig und amüsiert vor sich hin.

„Das sind keine Sommersprossen, ich hab eine Sonnenallergie“, gestand ihm die Eisprinzessin etwas traurig und zerknirscht.

Leo fand sofort ein paar tröstende Worte für seinen Schatz. „Du hast ja Tränen in den Augen, die sind wie reines Schmelzwasser, das aus dem Innersten der Seele kommt.“

Sie wussten, dass sie nicht mehr lange beisammen sein konnten. Also mussten sie schnell den Bund für's Leben schließen. Bevor die Schneeglöckchen den Frühling ankündigten, sollten für die zwei Verliebten die Hochzeitsglocken läuten.

Zwei Bergdohlen, Maxi und Flori, die sie beide häufig besuchten, meinten mitfühlend: „Wir werden eure Trauzeugen sein.“

Der Rosenmontag war dann der schönste Tag im Leben von Leo und seiner Prinzessin.

Vor dem Gipfelkreuz der Kampenwand stellte der Eisheilige Pankratius die segensreiche Frage: „Wollt ihr euch trauen, bevor es anfängt, zu tauen? So antwortet mit Ja."

Dieses kleine Wörtchen *„Ja"* kam schnell und deutlich über die gar nicht so gefrorenen Lippen von Prinz Leo und seiner Prinzessin von der SonnenAlm.

Verliebt und etwas wehmütig zugleich schauten sich die angetauten Angetrauten an.

„Liebling, wir sind geschrumpft", meinte Prinz Leo.

„Wir zwei sind eins, wir sind ineinander verschmolzen. Nichts kann uns noch trennen", flüsterte die Prinzessin.

Leo, der Schlossherr und die Lady in Ice waren nun ein Paar. Beim Brucker-Wirt organisierte man eiligst das Hochzeitsmahl. An der Schneebar wurden kalte Platten aufgetischt. Dazu floß der Eiscocktail in Strömen.

Der Eisheilige Pankratius rief die kalte Sophie zur Mäßigung auf: „Sei heute nicht so kaltherzig, damit die Hochzeitsgäste beim Brucker-Wirt nicht schockgefroren werden."

„Bei der aufgeheizten Stimmung verfällt hier niemand in Schockstarre", sagten Prinz Leo und die Lady in Ice übereinstimmend.

Dann tanzte das Faschingsprinzenpaar von Hohenaschau begeistert im Dreivierteltakt den Schneewalzer.

Ihr Motto lautete: *„Lass uns heute leben. Morgen sind wir Schnee von gestern.“*

Wie die Kampenwand zu ihren Zacken kam

Deborah Emrath

Deborah Emrath wohnt genau wie Münchhausen in Bodenwerder. Allerdings fabuliert sie nicht ganz so viel wie ihr Protagonist. Wahr ist, dass sie sie sich nun ganz auf das Schreiben konzentriert. „Die Aschauer Autorenwoche erlebte ich dabei als Startschuss in ein zweites Leben. Geschichten ordnen unsere Erfahrungen. Sie machen unser Leben reicher. Ich schreibe, weil ich meine Fantasie mit anderen teilen möchte. All das wurde mir in Aschau bewusst."

Die studierte Diplompädagogin schreibt seit ihrer Kindheit und vor Kurzem erschienen zwei Kurzgeschichten in den „Bankerl G'schichten" der Aschauer Autorenwoche.

Die Kampenwand. 1669 Meter hoch erstreckt sie sich als weithin sichtbarer Teil der Chiemgauer Alpen.

Wer an ihrem Fuß steht und hinaufblickt, hat bestimmt schon die drei Zacken bewundert, die an den Kamm eines Hahns erinnern. Doch ich versichere Ihnen, dass das nicht immer so war. Lassen Sie uns noch eine Flasche dieses exzellenten Weines genießen und ich erzähle Ihnen eine abenteuerliche Geschichte, die so wahr ist, so wahr ich Hieronymus Carl Friedrich Freiherr von Münchhausen heiße.

Eine Einladung der Herrschaft Hohenaschau hatte mich weit in den Süden des Heiligen Römischen Reiches deutscher Nation hinein in den Chiemgau geführt. Seit meinem Abschied aus Riga hatte ich mich um das Gut in Bodenwerder gekümmert und mir die Zeit mit der Jagd vertrieben.

„Einem Jagdausflug ins Priental konnte ich einfach nicht widerstehen“, begrüßte ich den Hausherrn der Burg Hohenaschau mit einer eleganten Verbeugung, als ich nach der langen Reise endlich durch das Tor ritt. „Und jetzt, wo ich Ihre Ländereien bei der Anreise bewundern durfte, umso weniger!“

„Nicht wahr?“ Herr von Preysing-Hohenaschau lächelte. „Solch hohe Berge sieht man im Weserbergland nicht.“

„Oh, warten Sie erst ab, bis Sie die Vorzüge des Weserberglandes kennenlernen dürfen“, antwortete ich scherzend auf das Geplänkel meines Gastgebers. „Sie müssen uns in Bodenwerder einmal besuchen, meine Frau Jacobine würde sich unendlich freuen!"

Nach einem Essen im Laubensaal wurde die Jagdequipage vorbereitet und in Begleitung von Johann Maximilian IV. Emanuel Franz Graf von Preysing-Hohenaschau, wie der volle Name meines edlen Gastgebers lautete, ging es zur angenehmsten Beschäftigung eines Edelmannes. Er war zwar damals schon über sechzig Jahre alt, jedoch immer noch rüstig und wollte sich diesen Spaß nicht entgehen lassen.

Wir schossen fleißig einiges Wild und ganz versunken in die wunderschöne Bergwelt hatte ich einige Zeit später den Anschluss an meine Jagdgesellschaft verloren. Mithilfe des Jagdhorns würde ich mich schnell wieder zurechtfinden, daher war ich auch nicht übermäßig um meine Sicherheit besorgt und genoss die Stille. Ich bemerkte einen riesigen Hahn, bestimmt eine Rute[1] aber mindestens 14 Fuß[2] groß, der mich zu begleiten und zu beobachten schien. Ich schenkte diesem seltsamen Wesen aber nicht weiter meine Beachtung, denn im selben Moment bemerkte ich ein Murmeltier, auch Mankei genannt, das vor seinem Bau saß und sich am Gras

1 Hannoversche Rute = 4,67 m

2 1 Fuß sind etwa 28 -32 cm, also 14 Fuß 3,92 m bis 4,48 m. In Hannover galt 1 Fuß = 29,21 cm also sind 14 Fuß gerundet. 4,09 m.

gütlich tat. Solch ein Tier hatte ich noch nie erlegt! Ich begann, Pulver in mein Steinschlossgewehr zu füllen. Doch bevor ich das Murmeltier mit dem geladenen Schrot aufs Korn nehmen konnte, machte es hinter mir „Kikeriki!“ - und das Murmeltier verschwand in seinem Bau.

Hatte der besagte Hahn gekräht? Ich sah mich um. Von dem Hahn war aber nichts mehr zu sehen. Also zuckte ich mit den Schultern und trabte weiter. Der Duft von Tannennadeln umfing mich und ich hörte das dumpfe Schlagen der Hufe meines Pferdes, als sie auf die Erde trafen.

Kurz darauf sichtete ich einen Alpensteinbock. Ein wahrhaft majestätisches Tier, mit seinen langen, gebogenen Hörnern – so lang, dass sie mir bis zum Rumpf ragten! Der Bock lag auf dem Gras zwischen einigen Büschen.

Gut, dachte ich, also einen Steinbock. Doch auch hier krähte es wieder „Kikeriki!“, noch bevor ich zum Anschlag kam. Der Steinbock preschte davon. Ich musste ihn ziehen lassen. Mein Pferd konnte ihm die steilen Hänge hinauf nicht folgen. Steinböcke können nämlich fantastisch klettern, also konnte ich nur fasziniert aus der Ferne bewundern, mit welcher Trittsicherheit er zwischen den Felsen verschwand.

Vom Hahn war nichts zu sehen, aber den Störenfried wollte ich mir schnappen. Ich ging zwischen Nadelbäumen und Almwiesen auf die Suche nach dem Malfaiteur[3], bis ich eine wunderschöne Lichtung erreichte.

Just in diesem Moment kam ein kapitaler Hirsch auf diese Lichtung. Was für ein Anblick! Der Hahn war vergessen. Den Hirsch musste ich stellen!

Nun, mein Hirschfänger kam jedoch nicht zum Einsatz, um dem Tier den Todesstoß zu versetzen. Wieder einmal machte mir der Hahn einen Strich durch die Rechnung. Als ich sah, wie der Hirsch zwischen den Bäumen verschwand, blutete mir das Herz. Sollte ich denn keine noch so kleine Jagdtrophäe nach Hause nehmen und sie meiner Jacobine zu Füßen legen dürfen? Es war, als ob es dieser Hahn auf mich abgesehen hatte und mir den Tag vergällen wolle. Aber nicht mit Hieronymus Carl Friedrich Freiherr von Münchhausen!

Noch einmal wollte ich meine Jagdbeute nicht von diesem elenden Vogel vertreiben lassen. Ich war gewaltig zornig auf dieses Wesen! Aber ich vermochte es, mich zu zügeln, denn Zorn ist bei der Jagd ein schlechter Ratgeber. Ich wartete ab, ob der Hahn erneut auftauchen würde. Und tatsächlich! Direkt vor einer massiven Felswand sah ich ihn auf die besagte Lichtung flattern. Ich bemerkte, dass ich mittlerweile keine geeignete Munition mehr besaß, also musste ich mir etwas einfallen lassen - und zwar schnell. Ich wartete mit angehaltenem Atem,

---

3 Französisch für Übeltäter

bis das Tier sich niedergelassen hatte. Vorsichtig versuchte ich, im Schutze der spärlichen Bewaldung Schritt für Schritt näher zu kommen.

Nun, Sie kennen meine Jagduniform und so schön sie auch anzusehen ist, taugt sie nicht zur Tarnung.

Für einen winzigen Moment sah ich in die Augen dieses tierischen Ärgernisses und es war mir, als habe er - wenn auch ganz kurz - höhnisch geblinzelt. Er breitete seine Flügel aus und ich - griff nach einem großen Stein, der neben mir auf dem Boden lag. In äußerstem Zorn warf ich diesen Stein, als schösse er von einem Katapult. Ich schien verfehlt zu haben, denn das Tier erhob sich vom Boden.

Nein, dieses Biest sollte mir nicht entkommen! Ich zielte ein zweites Mal, nun ein bisschen weiter nach rechts, doch der Vogel flog unbeeindruckt davon. Da krachte es an der Bergwand, es bröckelte und knirschte, Steine polterten, und als sich der Staub gelegt hatte - nun, Sie werden es mir nicht glauben: Meine Steine waren links und rechts zwischen den Kammzacken hindurchgeflogen und im Gestein der Bergwand eingeschlagen. Seitdem hat auch die Kampenwand ihre Zacken und seitdem erinnert ihre Form an mein Jagdabenteuer bei den Preysings in Hohenaschau.

In jedem Augenblick

Maria Sanders

Maria Sanders, Jahrgang 1984, studierte Kommunikation, Medienmanagement und Philosophie. Seit 2010 schreibt die Journalistin für diverse Magazine. Journalistische Stationen waren zudem ProSieben und das ARD-Auslandsstudio in New York. Besonders gern reist sie in ferne Länder, hat eine Schwäche für selbstgemachte Spätzle und ist inspiriert von den Abenteuern, die ihr täglich begegnen. Mit ihrer Geschichte „In jedem Augenblick" hat sie 2016 den Aschauer Autorenpreis gewonnen. Maria Sanders lebt in Heilbronn.

www.maria-sanders.de

„Oh nein“, stöhnte ich enttäuscht, als auch das dritte Käsesoufflé wieder in sich zusammenfiel.

„Schätzchen“, sagte Anny liebevoll und zwinkerte mir zu, „mit dem Kochen ist es wie mit den Männern. Manchmal wird’s was und manchmal eben nicht.“

Kochen mit Anny war vor einigen Monaten zu meiner liebsten Beschäftigung geworden. Es hatte etwas Abenteuerliches. Wir kochten nicht nur, sondern erzählten uns Geschichten. Na gut, meistens redete sie und ich hörte gebannt zu. Das wog jedes misslungene Soufflé wieder auf.

Anny eröffnete mir neue Welten. Natürlich liebte ich meine Heimat Aschau und die Kampenwand. Doch mit meinen vierundzwanzig Jahren hatte ich nicht annähernd so viel von der Welt gesehen, wie sie. Anny erzählte mir lange Geschichten von ihren Reisen und ganz nebenbei lernte ich Rehrücken zu spicken, Fisch zu filetieren oder Mousse au Chocolat zuzubereiten.

Einmal sprach sie von Indien. Während sie den Reis in einem Sieb unter fließendem Wasser hin und her schwenkte, glaubte ich die warme Luft Indiens auf meiner Haut zu spüren. Ich sah im Geiste die Menschen über den Markt gehen, die Qualität der Nahrungsmittel prüfen und um ihren Preis feilschen.

„Stell dir vor, ich habe eine Frau kennengelernt, die erst mit Anfang dreißig das Alphabet gelernt hat.“

Ich hörte die Entrüstung in Annys Stimme über ein Land, das Frauen den Zugang zur Bildung verweigerte.

Ihre Geschichten fesselten mich. Anny verstand es, bunte Saris, karge Wüstenlandschaften und den Dschungel vor meinem inneren Auge lebendig werden zu lassen.

Ihr Credo war: „Nicht die Dauer macht das Leben gehaltvoll, sondern die Begegnungen mit Menschen."

Vier Monate zuvor hatte ich Anny am Bahnhof in Prien kennengelernt. Sie hatte neben den Gleisen gestanden und wäre beinahe von der Bahn überfahren worden. Keiner ihrer guten Tage. Wie eine Schlafwandlerin tappte sie auf den Gleisen umher, stets nur ein paar Schritte in eine Richtung, bevor sie innehielt, als müsse sie nachdenken. Dann schlug sie eine andere ein, doch nie verließ sie die Gefahrenzone.

Als ich sie dort stehen sah, schrie ich auf. Achtlos ließ ich meine Tasche fallen und rannte wie nie zuvor in meinem Leben. Ich konnte sie, Gott sei Dank, gerade noch rechtzeitig zur Seite stoßen. Die Bahn kam zum Stehen, der Fahrer öffnete das Fenster und schnauzte mich aus vollem Hals an. Sein roter Kopf schien kurz vor dem Zerspringen und ich sah, wie seine Hände zitterten.

Ich wandte mich von dem Gezeter ab, der alten Dame zu. Erst jetzt erkannte ich, dass es gar nicht

Lore war. Meine Großmutter. Doch auch sie glaubte mich zu kennen.

„Sarah“, flüsterte sie, während sie nach Atem rang. „Sarah, wie gut, dass du gekommen bist.“

„Ach! Sie kennen sich“, rief der Fahrer. „Dann sehen Sie zu, dass Sie von den Gleisen verschwinden. Sie bringen meinen Fahrplan durcheinander.“

Ich öffnete den Mund, um dem Fahrer zu erklären, dass ich die Dame keineswegs kannte und dass sie mich mit irgendeiner Sarah verwechselte, doch dann schloss ich ihn wieder. Der Mann hatte nur Interesse an Abfahrtzeiten.

„Was wollen Sie von mir“, drang die Stimme der alten Frau an mein Ohr. Sie klang auf einmal misstrauisch, hob abwehrend die Hände, um mich auf Distanz zu halten.

„Kommen Sie“, sagte ich und fasste sie sanft beim Arm. Sie zögerte nur kurz, dann folgte sie mir von den Gleisen herunter. Hinter uns dröhnte der Motor des Zuges, kaum dass wir den Weg freigegeben hatten.

Ich brachte meine Schutzbefohlene nach Hause. Dass ich dafür in ihrer Tasche kramen und nach ihrem Ausweis suchen musste, war mir sehr unangenehm, aber ich wusste mir nicht anders zu helfen. Sie schien es gar nicht richtig zu bemerken.

Auf dem Heimweg beruhigte sie sich allmählich und in gleichem Maße, wie sie sich entspannte, besserte sich auch ihr Gedächtnis.

Anny war anders. Sie zeigte mir, wie man ein perfektes Soufflé zauberte – und noch vieles mehr. Sie trug immer ihren schönsten Schmuck, weil sie in jedem Tag etwas Besonderes sah. Manchmal weinte sie, meistens aber vor Freude. Sie sang mit ihrer tiefen Stimme von einer verflossenen Liebe und ich fragte mich, an wen sie dabei dachte. Das war das Einzige, worüber sie mit mir nicht sprach.

Sie liebte die blühenden Felder vor Aschau und die bunten Kräuter auf der Kampenwand. Einen Strauß voller Blumen wollte sie aber nie geschenkt haben.

Für Anny war die Welt bunt und voller Licht. Sie malte, obwohl sie dafür kein Talent hatte. Ihre Blumen und Tiere hätten aus einem Kindergarten stammen können. Naive Malerei nannte ich es insgeheim. Ich liebte jedes ihrer Bilder. Sie schenkte mir ihre Zeit, wie es keiner vor ihr getan hatte.

Wenn wir essen gingen, sagte sie: „Bestell das Erstbeste, was dir in den Sinn kommt. Nur nicht lange abwägen, das nimmt nur Lebensfreude.“ Wenn ich mir nicht sicher war, ob ich den roten Rock wegen meiner Kurven anziehen sollte, sagte sie: „Wenn nicht jetzt, wann dann?“

Ich spüre einen stechenden Schmerz in meiner Brust, als ich ihren müden und gezeichneten Körper sehe. Da liegt sie, meine Anny – auf der Intensivstation. Sie hatte mir Mut gemacht. Immer.

Und nun? Meine einzige wahre Freundin. Ganz still, ganz stumm liegt sie da. Mein Kopf sinkt zu Boden. Seit Wochen besuche ich sie im Krankenhaus und sitze bis spät in die Nacht neben ihrem Bett. Aber sie will nicht aufwachen.

Regungslos sitze ich da, halte ihre Hand. Nur einen Seufzer bringe ich hervor. Ich hoffe auf Besserung, jeden neuen Tag. Aber das Bild, das sich mir bietet, verändert sich nicht. Ein lautes Röcheln schallt aus dem Beatmungsgerät. In einem Krankenbett liegt eine schmale Frau, die Augen geschlossen, das weißblonde Haar offen. Endlose Schläuche bohren sich durch ihre Haut. Das Zimmer in strahlendem Weiß, hell und kalt zugleich. Es riecht nach Desinfektionsmitteln und Hilflosigkeit. Vor meinen Augen verschwimmt das Bett.

„Liebchen, du musst doch nicht weinen", höre ich eine vertraute Stimme sagen. Es fährt mir durch Mark und Bein.

„Du bist wach? Aber das geht doch gar nicht. Du liegst im Koma", sage ich verstört.

„Ja, aber ich kann dich trotzdem sehen", flüstert Anny und schmunzelt. „Ich sehe dich."

Ich traue meinen Augen nicht. Anny ist wach? Nein! Oder doch?

„Oh Anny, ich vermisse dich", fährt es aus mir raus. Mein Kinn zittert. „Du musst zusehen, dass du hier wieder schnell rauskommst." Ich halte ihre Hand fester.

„Na ja“, flüstert Anny leise, „ich weiß nicht, ob das diesmal so einfach ist. Du kennst ja die Ärzte. Bei einer alten Frau finden sie immer was.“

Unsicher streiche ich die Falte auf Annys Bettdecke glatt. „Du musst einfach wieder schnell aufwachen und dich ausruhen. Dann wird alles gut“, sage ich und spüre, wie sich meine Lippen zu einem dünnen Strich zusammenpressen.

„Kati“, sagt sie leise, „vergiss' nicht, was ich dir gesagt habe.“ Mein Blick fest auf sie gerichtet. „Das Leben ist zu kurz, um unglücklich zu sein“, sagt sie. Ich zittere. „Hör auf dein Herz.“

Ich spüre, wie eine Träne langsam über meine Wange läuft.

„In jedem Augenblick“, höre ich sie sagen, als ich von einem lauten, gleichbleibenden Ton erwache.

Erinnerungen verwehen im Morgennebel

Christa Konrad

Christa Konrad, geboren in Wangen im Allgäu, wuchs zwischen zwei Brüdern auf. Ihre Kindheit verbrachte sie in Ravensburg und einem kleinen Ort, am Rande der Schwäbischen Alb. Die meiste Zeit ihres Berufslebens, arbeitete sie für einen Kosmetikkonzern.
Momentan ist neben dem Schreiben, die Familie ihres Sohnes mit den zwei Enkelkindern, das Wichtigste in ihrem Leben.

25. Juli 2002

Mehr als ein Jahr ist vergangen seit ich Mutters Briefe aus ihrem Sekretär genommen und zum ersten Mal gelesen habe. Jetzt sitze ich an der talwärts gerichteten Stallwand der Steinlingalm. Der Wind bewegt die für mich so kostbaren, beschriebenen Blätter.

Es sind die letzten Briefe meiner Mutter, die sie schrieb, bevor es für sie kein Gestern mehr gab, wie sie selbst sagte. Alle waren sie in diesen letzten, gemeinsamen Dezemberwochen des Jahres 2000 entstanden.

Soll ich diese Briefe jetzt davon flattern lassen? Ich kenne jedes Wort, jedes Satzzeichen. Es macht mich immer noch traurig, dass ich von ihr auf meine Fragen nie mehr Antworten bekommen werde.

Ein silbernes, rundes Döschen schmiegt sich in meine Hand. Darin eine Liebeserklärung von T. an meine Mutter. Auf einem vergilbten, handbeschriebenen Zettel. Ebenfalls darin aufbewahrt, eine kleine helle Haarlocke und ein Miniatur-U-Boot aus Zinn.

Seit Stunden sitze ich hier vor der Kulisse der Chiemgauer Berge und überlege, was ich tun soll. Hier habe ich zwischen der Mauer und der Almwiese eine flache Mulde in der Größe meiner Hand ausgehoben, um die Briefe und das silberne Döschen zu vergraben.

An diesem Ort, an dem meine Mutter, wenn auch nur für kurze Zeit, glücklich war.

Nochmals lese ich in ihren Briefen. Nochmals durchlebe ich unsere gemeinsamen letzten Wochen, in denen sie versucht hat, jeden Tag einen Brief zu schreiben.

Dezember 2000

Wir saßen beim Frühstück. Es brannte die erste Kerze an unserem Adventskranz. Nachdem mein Vater, meine Mutter und ich fertig waren, rollte meine Mutter mit dem Rollstuhl zu ihrem Sekretär.

„Ich muss unbedingt noch einige Briefe schreiben“, erklärte sie uns und dabei strich ihre Hand wie ein Scheibenwischer bei strömendem Regen hektisch über ihre Stirn. Wie so oft in den letzten Tagen. Irgendetwas trieb sie an. Als ob jemand ihre innere Uhr angeschubst oder verstellt hatte. Dadurch lief sie nun hektischer, schneller, ungerader.

Zuerst faltete meine Mutter den Brief vom Vortag zusammen, steckte ihn in ein Kuvert, schrieb Zahlen darauf, und legte ihn in die oberste Schublade ihres Sekretärs.

Dann betrachtete sie lange die eingerahmten Fotos an der Wand rechts neben sich. Wir hatten sie extra für sie in Sitzhöhe aufgehängt. Sie griff an diesem Tag nach dem Foto, auf dem ein Mädchen mit kastanienbraunen, langen Zöpfen, neben einem Jungen mit großen, bergseeblauen Augen und unzähligen Sommersprossen im Gesicht abgelichtet war. Seine blonden, struppigen Haare verdeckten kaum die abstehenden Ohren. Beide Kinder hielten die Zügel eines Schaukelpferdes in der Hand. Beide hatten hängende Mundwinkel. Das Bild zeigte meinen Bruder und mich im Alter von fünf und vier Jahren.

Ich erinnerte mich sehr gut daran, warum wir so dreinschauten, als damals das Foto gemacht wurde. Wir stritten darum, wer auf dem Schaukelpferd hätte sitzen dürfen. Es gab Geschrei und Tränen und schließlich durfte keiner von uns oben sitzen.

Auf dem Rahmen des Bildes stand eine Jahreszahl: 1950. Amelia, meine Mutter, legte das Foto neben ihren Schreibblock, dann nahm sie ihren alten Füller in die Hand. Die Feder kratzte beim Schreiben über das Papier.

3. Dezember 2000, erster Advent

Mein liebes Kind,

ich weiß nicht, wie lange ich mich noch verständlich ausdrücken kann. Vieles ist schon in meine Nebel versunken. Manches taucht schemenhaft und kurzzeitig wieder auf.

Dass ich manchmal etwas vergesse,

stört mich an und für sich nicht. Angst habe ich davor, dass ich auch das vergesse, was ich nicht vergessen will. Ich ...

Einer von uns blieb immer in Mutters Nähe. Sobald wir aus dem Wohnzimmer gingen, fing sie an zu weinen.

Wir wussten von dem behandelnden Arzt, in welcher Phase der Demenz sie sich gerade befand. Es machte uns sehr traurig zu sehen, dass sie uns nur noch manchmal als das erkannte, was wir waren: mein Vater – ihr Mann und ich – ihre Tochter.

Auch heute gingen nach einigen geschrieben Sätzen ihre Hände zur Stirn, sie rubbelte bis ihre Haut ganz rot war und verzog das Gesicht zu einer zornigen Grimasse. Danach strichen ihre Hände wieder und wieder über das Geschriebene, als ob sie jemanden streicheln würde.

Dann schob sie den beschriebenen Bogen und das Foto mit den beiden Kindern beiseite. Schließlich brachte ich sie ins Bett.

Ein paar Tage später, nach dem Frühstück fuhr sie direkt zur Bilderwand und nahm sich ein vergilbtes Schwarz-Weiß-Foto herunter, auf dem drei rassige, dunkelhaarige Frauen abgebildet waren.

Als sie an ihrem Sekretär angekommen war, legte sie das Foto neben den Schreibblock, strich über das leere Blatt Papier, schraubte den Füllerdeckel ab und dann schrieb sie wieder.

6. Dezember 2000

Mein liebes Mädchen,
ich möchte Dir von Elsa, meiner ältesten Schwester und meiner Mutter erzählen. Ich habe noch eine Schwester, deren Name fällt mir aber gerade nicht ein. Elsa ist mir wichtiger.

Vor siebenundsiebzig Jahren wurde ich geboren. Elsa war damals schon fünfzehn. Sie hatte für mich Jäckchen und Strampelhosen gestrickt, Bettwäsche genäht und ein Bettchen vorbereitet. Mich direkt nach meiner Geburt aus den Händen der Hebamme genommen, gewickelt, gebadet und mir die Flasche gegeben. Unsere Mutter war schon krank und konnte mich nicht versorgen.

All das hat mir mein Vater immer wieder erzählt. Daran kann ich mich ganz genau erinnern. Sowie an meinen Vater Anton, der meine Mutter sehr geliebt hat. Aber sie ihn nicht!

Sie ist gezwungen worden, einen fünfzehn Jahre älteren Mann zu heiraten, da ihr Vormund in Geldschwierigkeiten gewesen war und sie quasi verschachert hat. Keine gute Basis für eine Ehe.

Während der Schwangerschaft mit mir verstärkten sich ihr Asthma und ihre Herzschwäche. Ich erlebte sie nur in ihrem Bett liegend. Die Tür zu ihrem Schlafzimmer stand immer offen. Wenn man sich dem Raum näherte, spürte man die Kälte, die in diesem Zimmer herrschte. Das Schlafzimmerfenster war zu jeder Jahreszeit geöffnet.

Ich versuchte mich durch den Flur anzuschleichen, um sie ganz leise zu schließen. Dabei hörte ich meine Mutter laut atmen und husten, was immer klang wie das Krächzen der Krähen im Garten. Ich wollte die Tür schließen, damit ich im Flur leise singen und in Strümpfen hüpfen konnte, ohne dass die hustende Stimme „Ruhe hier" krächzte, was mir jedes Mal eine Gänsehaut über den Rücken jagte.

Ich sah, wie meine Mutter unterbrach und sich die Augen rieb. Es war wie ein Ritual, was sie jeden Tag wiederholte: Erst Schreiben, dann das beschriebene Blatt in die Schublade legen.

Dazwischen die Stunden, an denen sie nur auf die Fotos an der Wand blickte. Von Tag zu Tag wurde es schwieriger. Ihre Unruhe nahm trotz der Beruhigungstropfen zu. Wir dosierten die Tropfen sparsam, damit sie noch ihren Willen äußern konnte, selbst wenn sie nur noch vor sich hin brabbelte.

Wieder einige Tage später, wollte sie auch an diesem Morgen kein Frühstück. Sie rollte direkt zu ihrem Schreibplatz. An ihrem Füllerdeckel drehend, ging ihr Blick wieder zu den Fotos an der Wand. Unruhig ruckelte sie mit dem Hintern auf ihrem Sitz hin und her. Die Sitzfläche hatten wir mit Fell ausgelegt. Trotzdem war sie nicht weich genug für ihren fleischlosen Hintern.

Etwas schien sie zu beunruhigen. Ihre Hand glitt zur Schublade. Sie zog daran, schaute hinein und murmelte vor sich hin, „Brief, Brief, Brief,“ bis sie die ersten Buchstaben geschrieben hatte.

14. Dezember 2000

Mein liebes Kind,

ich dachte gerade an meine Schulzeit und an meine Mutter. Über sie sprach ich selten mit Dir.

Ab meiner Schulzeit hatte ich keine Lust mehr, das kleine brave Mädchen zu sein, das leise sein musste, damit die Mutter schlafen konnte oder keinen Asthmaanfall bekam. Damit diese Mutter, die nur im Bett lag und nie ein liebes Wort sagte, ihre Ruhe hatte. Die nie, jedenfalls konnte ich mich nicht daran erinnern, meine kleine Hand nahm, mich umarmte, mich streichelte, wenn ich zu ihr ans Bett ging. Das tat nur meine Elsa.

Es war in meinem zweiten Schuljahr. Nur noch eine Woche bis zu den Sommerferien. Ein heißer Julitag. Ich bog um die Ecke in unsere Straße, da sah ich vor unserem Haus einen schwarzen, langen Wagen stehen. Ich rannte zum Haus, durch den Flur in die Küche. Dort saß Elsa weinend am Tisch.

Mein Vater stand daneben und nahm mich in die Arme, sagte nichts, streichelte mir nur über den Kopf.

Am nächsten Tag war die Tür zum Schlafzimmer meiner Mutter weit geöffnet und es war so still. Ich blieb stehen, horchte. Dann hüpfte ich, dann sang ich. Es blieb still. Kein Krächzen, kein Husten, nichts. Ich schlich mich zum Türrahmen und spähte ins Zimmer.

Ein dunkles Tuch lag auf dem Bett

meiner Mutter. Das Fenster war geschlossen. Ich verstand das nicht.

Am nächsten Tag lief ich wieder zum Schlafzimmer. Die Tür war immer noch weit geöffnet. Ich hüpfte wieder. Ich sang lauter als gestern. Ich wartete mit angehaltenem Atem. Nichts. Kein Krächzen, kein Husten, nichts. Ich rief, „Elsa, wo ist Mutter?", und rannte vom Flur zu ihr in die Küche.

Elsa setzte sich auf einen Hocker und nahm mich auf ihren Schoß. Sie öffnete meine Zöpfe und bürstete meine Haare.

„Mutter ist jetzt bei den Engeln", sagte sie.

„Sehen die so aus, wie diese kleinen, dicken Engel an unserer Kirchendecke?", fragte ich. „Mit denen ich über die grüne Wiese und den blauen Himmel tanze, wenn der Gottesdienst langweilig ist?"

Elsa lächelte. „Dort geht es ihr gut", sagte sie.

Aber vielleicht den Engeln nicht mehr, dachte ich. Ich war nicht besonders traurig. Elsa war ja da, und mein Vater.

Als meine Mutter an diesem Tag ihren Füller weglegte, wischte sie sich Tränen aus dem Gesicht. Ich stand vom Esstisch auf, ging zu ihr, und legte ihr ein Wolltuch um die Schultern. Dann wartete ich, bis sie das beschriebene Blatt in die Schublade geschoben hatte und ein neues nahm. Auf dieses schrieb sie in großen Buchstaben das Wort VATER und legte ihren Füller darauf.

Danach bat sie mich, sie ins Bett zu bringen. An diesem Abend blieb ich noch lange an ihrem Bett sitzen.

Am folgenden Tag, nachdem sie wieder kaum etwas gefrühstückt hatte, fuhr sie zu ihrem Sekretär, als ob es keine Minute zu versäumen gäbe. Sie nahm ihren Füller und schrieb auf dem Blatt weiter, auf das sie gestern *Vater* geschrieben hatte.

15. Dezember 2000

Lieber Vater,

es ist alles so fremd hier. Außer meinem Sekretär aus Nussbaumholz kommt mir nichts bekannt vor. Was ist nur los mit mir? Kannst Du mir sagen, wo ich hier bin? Bitte, lieber Vater, hol mich nach Hause und bring Elsa mit. Es gibt sonst keinen Menschen, dem ich vertraue. Ich möchte heim. Ich möchte sterben. Dann wäre dieses Dumpfe, dieser Nebel in meinem Kopf, nicht mehr.

Es sitzt hier ein Mann an meinem Esstisch. Seine Stimme ist mir vertraut. Ich weiß nicht, ob er zu meinem Leben gehört? Er riecht leicht säuerlich und fettig, wie guter Essig und Sauerrahmbutter. Es beruhigt mich.

Ich muss ihn Dir beschreiben. Vielleicht kennst Du ihn? Er hat braune Augen, mit kleinen gelben Sternen darin, darüber Augenbrauen, gebogen wie Viertelmonde. Seine Haarfarbe leuchtet wie der aufgeweichte Teer im Sommer auf der Straße vor unserem Gartentor, damals bei uns zu Hause.

Dieser Mann streicht immer wieder mit seiner großen, schlanken Hand eine Haarsträhne zurück. Seine lange schlanke Nase fällt auf. Vor allem wenn er den Zigarettenrauch durch die Nasenlöcher bläst.

Habe ich früher auch geraucht?

Es duftet nach Kaffee. Er gießt aus einer silbernen Kanne etwas Dampfendes in eine Tasse aus hauchdünnem, weißem Porzellan. Dann kommt er mit großen Schritten auf mich zu. Dabei streift sein Kopf den Deckenleuchter. Er stellt die Tasse auf den kleinen Tisch neben mir, sagt einen Namen und lächelt mich an.

Irgendwie sieht er dem Mann auf dem Porträtfoto ähnlich. Der Mann auf dem Foto hat ebenfalls dunkle Haare. Eine kleine Strähne hängt ihm in die Stirn. Seine Augenbrauen sind gebogen wie Viertelmonde. Er hat auch dunkle Augen und eine edle, gerade Nase. Leider steht kein Name dabei.

Lieber Vater, ich bin so verzweifelt, ich weiß nichts mehr. Ich sitze auf einem sehr bequemen Stuhl. Er hat silbrig glänzende Rohre und kleine Räder. Wenn ich mit meinen Füßen Gänseschritte tipple, bewegt er sich. Es fällt mir schwer die Tasse zu halten oder mit dem Stift zu schreiben. Meine Finger sind krumm, ohne Kraft. Sie sehen Elsas ähnlich.

Als ich an meiner Mutter vorbeiging, unterbrach sie ihr Schreiben, drehte sich zu mir und fragte, „Bist du das, die da neben mir und Elsa steht?“ Dabei zeigte sie auf das Foto mit den drei Frauen.

„Nein Mutter, das ist Josefine, deine andere Schwester. Ich bin die auf dem Schaukelpferd zusammen mit meinem Bruder. Und darunter auf dem großen Porträtfoto, das ist dein Mann, der dort am Esstisch sitzt.“

Es war traurig für mich zu sehen, wie irritiert meine Mutter auf die Fotos schaute. Ich wollte sie nicht noch mehr verwirren, schwieg und stellte den Teller mit dem klein geschnittenen Butterbrot, neben sie.

Meinem Vater und mir schenkte ich Kaffee ein. Mein Vater trank den ganzen Tag Kaffee, rauchte wie eine Dampflok und hatte immer ein Auge auf meine Mutter. Sie beachtete uns nicht und schrieb weiter.

Lieber Vater, sie hat Mutter zu mir gesagt und brachte mir ein Butterbrot in Streifen geschnitten, damit ich es gut greifen kann. Ich kenne sie aber nicht. Ich sage es ihr nicht, sonst ist sie vielleicht traurig und nicht mehr so freundlich zu mir. Sie hat mir den Namen meiner anderen Schwester gesagt. Ich weiß nur, dass diese denselben Namen hat, wie die Frau von Napoleon Bonaparte.

Meine Hände wollen nicht mehr schreiben und ich kann mich nicht konzentrieren. Vor meine Augen schiebt sich wieder ein grauer Schleier.

Lieber Vater, ich beende den Brief später, wenn ich nicht mehr so müde bin.

Ich sah ihr zu, wie sie ihren Füller auf dem Brief ablegte und fröstelnd ihr Schultertuch enger zog. Schnell ging ich zu ihr. „Mutter, möchtest du dich hinlegen? Komm ich fahre dich in dein Zimmer."

Verunsichert schauten ihre steingrauen, matten Augen, zu mir hoch. Ich wartete nicht auf eine Antwort, sondern fuhr sie in ihrem Rollstuhl aus dem Wohnraum. Wie jeden Abend.

„Gute Nacht, Amelia!", rief mein Vater vom Esstisch aus uns nach.

„Gute Nacht, Vater", erwiderte ich an ihrer Stelle und schob meine Mutter weiter ins Schlafzimmer.

Sie reagierte überhaupt nicht. Sie wusste nicht, dass es Abend war. Sie wusste nicht, wer sie ins Bett brachte. Sie wusste nicht, wieviel Zeit verging. Jeden Morgen, wenn sie geweckt wurde, war alles ganz neu. Nichts war übrig von gestern.

Alles auf Anfang. Nur, wo war unserer? – Wo war ihr Anfang?

Sie schlief immer unruhiger und schrie laut im Traum. Nachts saß ich an ihrem Bett, und streichelte sanft über ihren Rücken. Auch nach dieser Nacht, fing sie sofort nach dem Aufstehen wieder an zu schreiben.

16. Dezember 2000

Meine Liebe,

mir ist wieder etwas eingefallen aus meinem Traum: Es war der 28. Dezember 1943, der fünfte Tag nach meinem zwanzigsten Geburtstag. Ein Postbote überbrachte mir ein braunes Kuvert. Ich musste den Empfang bestätigen. Dann riss ich den Umschlag auf. Ein Soldbuch, ein amtliches Schreiben und ein Zeitungsartikel fielen heraus. Ich wusste, was das heißt. Ich überflog den Brief und schleuderte dann alles an die Wand.

In meinem Traum gehe ich dick eingepackt, einen Schritt vor den anderen setzend den Berg hoch. Der Aufstieg fällt mir von Traum zu Traum schwerer. Die kalte Luft schneidet in meiner Nase, dass die Augen tränen.

Mein Vater warnte mich: „Geh bei dem Wetter nicht auf den Berg!"

Doch ich wollte T. nahe sein, nach dieser Nachricht. Zuerst waren da nur ein paar Wölkchen, dann kam Wind auf und dann war es neblig und kalt. Ich ging sonst nie allein auf den Berg. Ich musste ihm jetzt nahe sein und das konnte ich nur oben auf der Wiese bei der Steinlingalm, auf der er als Käser gearbeitet hatte. Auf der wir den ganzen Sommer über in seinen wenigen Freistunden in der Sonne lagen. Dabei die Wolken betrachteten, die über uns hinwegzogen und uns vorstellten, mit ihnen zu fliegen.

„Wenn ich auf dem Berg bin und in die Ferne, oder in den Wolkenhimmel schauen kann, geht es mir gut", sagte er dann. „Versprich mir, wenn ich nicht bei dir sein kann, dann gehst du trotzdem auf den Berg. Dann legst du dich auf die Erde, schaust in den Himmel und fliegst mit den weißen Wolken zu mir. Dort hinten, wo Erde und Himmel sich berühren, wenn die Morgennebel verwehen, warte ich auf dich."

Wie mein Vater befürchtete, verirrte ich mich. Der Suchtrupp, den er hinter mir herschickte, fand mich auf halber Strecke und trug mich zurück.

Ich war total erschöpft. Mit krebsroten Frostbeulen an den Füßen. Es stach wie hunderte Nadelstiche, als sie meine Füße in lauwarmes Wasser tauchten, um mich wieder aufzuwärmen. Mein dicker Bauch tat weh. Alle *hatten Angst, dass das Kind zu früh kommen könnte. Es ging noch mal gut.*

Auch dieser Tag neigte sich dem Ende zu. Meine Mutter war schließlich sehr erschöpft, als ich sie in ihr Bett brachte. In jener Nacht weint sie jämmerlich.

Am nächsten Morgen war es wie immer. Sie fuhr zu ihrem Schreibtisch. Schaute auf das kleinste Foto an der Wand. Es hatte Risse und Knitterspuren. Ein hellhaariges junges Männergesicht mit großen Sommersprossen auf Nase und Wangen und auffallend abstehenden Ohren in Matrosenhemd und Käppi grinste sie an. Daneben klebte ein Zeitungsausschnitt. *Für das Vaterland ge…* Auf den Rand war der 22. Dezember 1943 gekritzelt. Ihre Finger tasteten über das Foto. Sie nahm es sehr behutsam ab und legte es neben sich auf die Schreibfläche. Dann schrieb sie wieder.

17. Dezember 2000

Mein liebes Kind,

heute früh habe ich ein Fitzelchen von meinem Traum festhalten können. Ich träumte von den Bergen im Spätherbst, wenn die Berggipfel wie gezuckert aussehen, und schritt über die Herbstwiesen dem frisch gefallenen

Schnee entgegen, hörte das Knirschen des Schnees unter meinen Schuhen. Die Kampenwand nicht aus dem Blick lassend, schritt ich aus.

Der aufgehäufte Schnee an der Stallwand der Steinlingalm war verharscht. Ich fegte ihn mit dem Schuh weg und stieß gegen die zusammengefrorenen, als Wasserrinne dienenden Steine. Mit den Händen suchte ich im gefrorenen Kies nach der kleinen, silbernen, runden Dose. Meine Hände wurden ganz steif davon. An der Stallmauer der Steinlingalm unter dem dritten Stallfenster, neben der Tür zum Ziegenstall, hatten wir die silberne Dose bei seinem letzten Heimaturlaub eingegraben.

Ich fand sie endlich und öffnete sie. Darin lagen eine helle Locke und ein Miniunterseeboot aus Blei. Ganz unten ein ausgefranzter Zettel.

Ich liebe dich immer, immer, immer, Dein T. Darunter 1943, hingekritzelt mit Bleistift.

Wieder sah ich den 21. Dezember 1943 vor mir. Mein T. war wieder eingerückt auf sein U-Boot in der Ostsee. Dann der 23. Dezember 1943, mein zwanzigster Geburtstag. Ohne T. Am 29. Dezember 1943 kam dieser braune Brief, mit einem Zeitungsartikel und seinem Soldbuch.

Gefallen fürs Vaterland am 22. Dezember 1943, stand da.

Ich schrie im Traum wie damals, „Nein, nein er ist ertrunken, elendiglich ertrunken!"

Dann sank ich wimmernd zu Baden und umfasste meinen Bauch. Er wird sein Kind nie erleben. Wie soll ich das unserem Kind erklären? Nichts war übrig von unseren Zukunftsträumen. Alles im Meer versunken.

Ich sah zu, wie meine Mutter wieder zur Wand schaute, dann macht sie einen Strich quer über das vor ihr liegende Blatt. Ihre Buchstaben wurden immer größer und ihr Murmeln lauter. Ihre Schrift wurde krakeliger.

„Die, die Dose finden, ... erinnern ... ich muss“, sagte sie erregt und ihre Hände wühlten auf dem Sekretär und in der Schublade herum. Dann gab sie auf. „Bitte, bitte bringt mich ins Bett. Ich bin so müde.“

Kraftlos hing sie in ihrem Stuhl. Ich fuhr sie in ihr Zimmer, kleidete sie aus und legte sie ins Bett. Dann setzte ich mich zu ihr auf die Bettkante. Auf den zitternden Körper meiner Mutter legte ich noch eine wärmende Decke. Strich ihr über den Kopf und den Rücken und sagte ganz leise. „Schlaf gut Mutter, dein Vater, deine Elsa, mein Bruder der kleine Junge mit den großen Sommersprossen, und T. von dem du mir nie erzählt hast, warten auf dich. Dort wo auch deine Träume hingehen. Wo sich Erde und Himmel treffen und die Morgennebel verwehen."

Einige Stunden später ging ich zum Tisch, zündete Kerzen an, öffnete das Fenster und ließ die sternenklare Nacht ins Zimmer.

Die Tage vergingen. Es war der erste Weihnachtstag. Weiße Flocken rieselten durch das geöffnete Fenster in ihr Schlafzimmer. Ich hatte ihre Briefe aus der Schublade ihres Sekretärs geholt und saß jetzt auf ihrem Bett. Sortierte die Briefe und las.

2. Dezember 2000

Meine liebe Tochter,

ich liebe Dich. Mein größter Wunsch ist, dass Du ein Leben lebst, das Dich glücklich macht. Lass Dich nicht beirren. Folge Deinem Herzen. Sei ein wenig wie ich. Nicht immer so angepasst.

Danke, dass du immer für mich da bist. Bitte verwahre meine Erinnerungsschätze und bringe sie dorthin,

Du weißt schon!
Deine Mutter.
P.S.: Von J. erzähle ich Dir später einmal, wenn ich Dich in Deinen Träumen besuche.

25. Juli 2002

Nochmals habe ich unsere letzten Tage durchlebt. Die kleine, runde, silberne Dose lege ich jetzt in die Mulde und scharre etwas Kies darüber. Die Briefe nehme ich wieder mit.

Ich weiß, Mutter, ich erfülle mein Versprechen nicht ganz. Aber du hast auch ein Geheimnis für dich behalten, erkläre ich ihr still.

Mein Blick schweift von der Almwiese zum Horizont. Dorthin wo Erde und Himmel sich berühren, und die Morgennebel verwehen.

Handicap? Na und!

Gabi Schmid

Gabi Schmid, Jahrgang 1965, als Autorin, Lektorin und im Buchsatz tätig.
Ihr ältester Sohn hat Hämophilie A, weitläufig bekannt als *Bluterkrankheit*. Sie kennt daher aus eigener Erfahrung die Sorgen und Nöte, die man als Elternteil hat, wenn die Kinder beginnen, flügge zu werden.

www.pcs-books.de
www.gabi-schmid.de

„Kannst du nicht ein bisschen schneller fahren? Wir sind schon fünf Minuten zu spät!"

Die Stimme ihrer Tochter riss Christina Kemmes aus ihren Gedanken. „Ich tue, was ich kann, aber ich kann den Traktor nun mal nicht beiseiteschieben."

„Laura wartet aber nicht ewig auf uns."

Christina beschloss, die neuerliche spitze Bemerkung ihrer Tochter zu überhören.

„Jetzt überhol doch endlich!"

Noch einmal und ich explodiere, dachte sie, schwieg jedoch. Sie lenkte nach links, um sich gleich wieder einzuordnen, da mehrere Pkws entgegenkamen. Vermutlich unterblieb auf ihren Überholversuch nur deshalb ein Kommentar von Jessica, weil ein Piepton eine neue Nachricht auf ihrem Handy ankündigte.

„Luca fragt, ob ich nachher an den Chiemsee mitkomme. Sie fahren mit dem Rad."

Christina spürte, dass Jessicas Blick auf ihr ruhte, wandte den Blick aber nicht von der Straße. „Waren wir uns nicht einig, dass das Radfahren noch zu gewagt ist?"

„Mensch Mama!" Jessica stöhnte auf. „Ich sitze nicht mehr im Rollstuhl, falls du das noch nicht bemerkt hast."

„Stell dir vor, das ist mir nicht entgangen." Christina biss die Zähne zusammen. „Aber du bist mit deinen Prothesen noch nicht so fit, dass ich dich allein diese Strecke mit dem Rad fahren lasse."

„Die anderen sind doch dabei."

„Jessica!"

„Verdammt! Du behandelst mich wie ein kleines Kind. So hast du dich all die Jahre nicht angestellt. Ich weiß doch genau, dass ich vorsichtig sein muss. Du kannst nicht mein ganzes Leben lang die Glucke spielen."

Christina biss die Zähne zusammen. Jessica hatte recht, aber was sollte sie gegen die Angst um ihre Tochter tun? Auch wenn der Anruf, der alles veränderte, schon über ein halbes Jahr zurücklag, hatte sie die Stimme der Direktorin noch immer in den Ohren: Jessica ist mit dem Notarzt auf dem Weg ins Krankenhaus. Sie ist mitsamt dem Rollstuhl die Treppen hinabgestürzt.

„Ich mache mir doch nur Sorgen, dass du dich übernimmst."

„Tu ich nicht! Ich weiß ganz gut, was geht und was nicht. Kapier doch endlich, dass ich nicht mehr ständig deine Hilfe brauche. Außerdem werde ich nächsten Monat sechzehn!"

Die Betonung der Zahl 16 zauberte ein Lächeln auf Christinas Lippen. Gleichzeitig verspürte sie Wehmut. „Das ist natürlich ein Argument!"

„Du nimmst mich einfach nicht ernst. Sech-zehn! Mama! Noch zwei Jahre, dann bin ich volljährig!"

„Und was würde das ändern?" Sie fluchte lautlos, auch der nächste Versuch, den Traktor zu überholen, scheiterte am Gegenverkehr.

„Vermutlich nichts.“ Jessica wandte den Kopf und grinste Christina an. „Aber im Ernst, Mama, sieh es doch mal so: Der Unfall hat mich aus dem Rollstuhl geholt. Gut, ich habe keine Unterschenkel mehr, aber die waren vorher ja auch nicht zu gebrauchen. Jetzt habe ich keine Schmerzen mehr und kann sogar ein bisschen Sport machen. Aber nur, wenn wir es heute noch zu Laura schaffen und ich die Sportprothesen abholen kann. Wie lange willst du noch hinter dem Traktor herkriechen?“

Christina schielte auf die Uhr. Inzwischen waren sie fast zehn Minuten zu spät.

„Ich hoffe, Laura ist nicht sauer, dass wir zu spät kommen.“ Jessica sah sie vorwurfsvoll an.

„Wir haben uns ja nicht mit Absicht verspätet“, murmelte Christina lahm. Sie hatte eh keine große Lust auf ein Zusammentreffen mit der toughen Orthopädietechnikerin, die Jessica seit der Operation betreute und ihr, Christina, seit der ersten Begegnung im Kopf herumspukte.

„Kann ich jetzt mit den anderen zum Chiemsee radeln?“, nahm Jessica die Ausgangsfrage wieder auf.

„Jessi!“ Christina nahm die Hand vom Lenkrad und strich ihrer Tochter über den Oberschenkel. „Das geht nicht.“

„Dann fahr mich mit dem Auto hin.“

„Du weißt genau, dass ich gleich weiter zu meinem Termin muss.“

„Immer geht deine blöde Arbeit vor.“

„Das stimmt nicht! Ich bin für dich da, so gut es geht. Wir können froh sein, dass ich nach unserem Umzug nach Aschau so schnell eine Stelle gefunden habe, sonst würden wir nämlich ganz schön dämlich aus der Wäsche gucken, mein Fräulein." Christina setzte den Blinker und überholte endlich das Traktorengespann.

„Aber kein Mensch arbeitet samstags."

„Jessica, es reicht." Christina scherte ein, bremste herunter und bog in eine schmale Seitenstraße ein. Dann fuhr sie auf den ersten freien Parkplatz neben einem schwarzen Ford-Pick-up und stellte den Motor ab. „Du weißt genau, dass das eine Ausnahme ist. Der Chef der Flugschule hat nur heute für mich Zeit."

„Dann frag ihn doch gleich mal, wann ich mit der Flugausbildung anfangen kann?" Jessicas Wangen glühten und Christina hätte sich ohrfeigen können, ausgerechnet die Flugschule erwähnt zu haben.

„Jessi, das kann doch ..." Christina brach ab. Ihre Tochter war ausgestiegen und knallte die Autotür zu. Sie sah ihr staunend hinterher. Für Christina war es immer noch ein Wunder, dass Jessica heute gehen konnte, war doch schon Mitte der Schwangerschaft klargewesen, dass Jessica mit einer schweren Form des Fibuladefektes[4] zur Welt kommen würde.

---

4 Der fibuläre Längsdefekt ist eine angeborene Fehlbildung, die sich durch das völlige Fehlen des Wadenbein oder eines Teiles davon auszeichnet. www.standbein-ev.com/DE/FB_Fibuladefekt.html

Dieser Defekt bewirkte, dass sie mit verkümmerten Füßen und nur je zwei Zehen geboren wurde. Hinzu kamen am linken Bein ein verkürztes und am rechten Bein ein komplett fehlendes Wadenbein. Vor drei Jahren waren Jessicas Füße mit dem Rest ihres Körpers nicht mehr mitgewachsen und die ohnehin schon schwachen Beine waren noch höheren Belastungen ausgesetzt gewesen. Letztendlich wäre sie für den Rest ihres Lebens auf den Rollstuhl angewiesen gewesen, wäre nicht der Unfall passiert, der dazu geführt hatte, dass man Jessicas Unterschenkel amputiert hatte. Und nun, sechs Monate nach den Operationen, rannte Jessica geradezu über den Parkplatz und verschwand im Eingangsbereich der Orthopädietechnikfirma. Seufzend zog Christina den Zündschlüssel ab und stieg aus.

„Dicke Luft?“

Christina zuckte zusammen. Sie wusste genau, wer hinter ihr stand. Über die Ladefläche des Pickups hinweg, sah Laura Spitzer sie interessiert an. Ihr Gesicht war braun gebrannt, ihre blonden Haare standen wie üblich wirr in alle Richtungen ab. In Christinas Magen tanzten Schmetterlinge.

„Dicke Luft ist gar kein Ausdruck.“ Sie zuckte betont gelangweilt mit den Schultern und versuchte zu ignorieren, wie attraktiv Laura in dem bunten Top aussah. Ihr Blick blieb an dem Tattoo an Lauras Oberarm hängen, dann riss sie sich zusammen.

„Wir waren mal ein richtig gutes Team, aber seit

die Reha so gut lief, meint sie, sie kann alles nachholen, was vorher nicht ging."

„Vielleicht solltest du einfach loslassen. Die Prothesen geben Jessi neue Möglichkeiten. Die will sie jetzt testen."

„Mit Gleitschirmfliegen, Mofafahren und Radtouren?"

„Warum nicht?" Laura umrundete ihren Pick-up. „Was hindert sie daran?"

„Vielleicht ihre fehlenden Unterschenkel?"

„Quatsch! Sie hat doch Prothesen." Laura blieb vor Christina stehen. „Vertrau ihr. Ihr Instinkt wird ihr sagen, was sie sich zutrauen kann."

„Ach ja, du hast ja auch so wahnsinnig viel Erfahrung mit Teenagern, nicht wahr?" Christina wusste nicht genau, welcher Teufel sie gerade ritt.

Laura gab knapp zurück: „Mit eigenen Kindern nicht, aber mit Menschen, die auf Prothesen durchs Leben gehen, umso mehr." Sie wandte sich ab und strebte auf den Eingang zu.

„Entschuldige, Laura, ich wollte dich nicht kränken." Christina folgte ihr. Jedes Gespräch mit Laura endete im Streit. Dabei gab es ohnehin wenig Berührungspunkte, sie sahen sie sich nur, wenn Jessica in die Orthopädietechnik musste, und doch knisterte immer die Luft zwischen ihnen.

„Sie hat nun mal eine Behinderung und muss lernen, damit umzugehen", meinte Christina, als sie zu Laura aufschloss.

„Sie hat ein Handicap, na und?“ Laura stoppte vor der Tür und hielt ihr diese höflich auf. „Sie hat dieses Handicap angenommen, sogar bewusst gewählt. Ich finde es sehr mutig, dass sie darauf bestanden hat, dass ihr nach dem Sturz beide Unterschenkel abgenommen werden. Durch die Prothesen hat sie neue Möglichkeiten, die ihr bisher fehlten. Sie schont sich nicht und du vertraust ihrem Urteil, sonst hättest du der Amputation nicht zugestimmt.“

„Stimmt schon.“ Christina rieb sich die Stirn. „Ich weiß wohl, wie selig sie ist, dass ihre deformierten Beine nun Geschichte sind, aber sie ist dadurch nicht zu einem gesunden Mädchen geworden.“

Laura schüttelte den Kopf. „Das ist Ansichtssache.“

Christina sah sie nicht an, als sie an ihr vorbei ins Gebäude ging.

„Laura hat Urlaub, sie ist gar nicht da!“ Die vorwurfsvolle Stimme ihrer Tochter hallte durch den Eingangsbereich.

„Klar ist sie da!“ Laura marschierte ihrerseits nun an Christina vorbei und legte Jessica den Arm um die Schultern. „Extra für dich komme ich heute her.“

„Echt? Ich dachte schon, Mama hätte einen falschen Termin notiert. Sorry, dass wir zu spät sind.“

„Kein Problem. Ich war ja auch nicht pünktlich.“ Laura wuschelte Jessica durch deren Lockenkopf. „Und? Alles klar?“

„Alles paletti. Sind sie wirklich fertig?“, fragte Jessica aufgeregt und folgte Laura.

„Jepp, sind sie. Geht schon mal vor in die Sporthalle, ich bringe alles mit." Laura bog links ab.

„Und? Aufgeregt?" Christina freute sich an Jessicas Begeisterung. *Das ist Ansichtssache,* die Worte geisterten noch in ihrem Hirn herum.

Jessica nickte strahlend. „Schade, dass Ferien sind, sonst könnte ich gleich morgen im Sportunterricht mitmachen."

Christina zuckte zusammen. „Na das wäre bestimmt keine so gute Idee. Ich nehme an, Laura sagt dir noch, was du alles beachten musst."

„Bleib locker, Mama. Ich hab das im Griff."

Der Blick, der Jessicas Worte begleitete, signalisierte, dass sie schon wieder auf Konfrontationskurs war, also schwieg Christina.

„So, da wären die Prachtstücke." Laura kam zurück und präsentierte mit erhobenen Armen zwei neongrüne Sportprothesen.

„Geil!" Jessica nahm ihr jubelnd eine ab. „Die sehen toll aus." Sie begutachtete akribisch Schaft und Fußgelenk, das die besondere Beweglichkeit für den Sport mit sich brachte. Blitzschnell entledigte sie sich ihrer Alltagsprothesen und legte die erste mit Lauras Hilfe an.

„Hast du deine Sportschuhe dabei?", fragte Laura und sah sich suchend um. Christina gab Laura den Beutel mit den Schuhen.

„Und mit welchem Sport möchtest du nun starten?", fragte Laura.

„Basketball, das konnte ich ja schon vor dem Unfall spielen. Aber jetzt richtig, nicht mehr im Rollstuhl." Jessica tauschte auch die zweite Prothese und hörte Laura aufmerksam zu, die ihr den rechten Sportschuh überstreifte und ihr erklärte, was sie beachten musste.

„Los geht's." Laura half Jessica aufzustehen und die hielt nun nichts mehr. Statt langsam ein paar Schritte zu machen, verfiel sie sofort in den Laufschritt. „Mama, das ist klasse. Nichts tut weh!"

Christinas Augen füllten sich mit Tränen.

„Langsam, nicht ganz so stürmisch", mahnte Laura, als Jessica in den Hopserlauf überging. Sie joggte neben Jessica her und ließ sie nicht aus den Augen. „Denk dran, die federn anders."

Jessica nickte und steigerte das Tempo.

Hoffentlich übernimmt sie sich nicht. Kaum hatte Christina den Gedanken zu Ende gedacht, passierte es. Jessica kam ins Stolpern, ruderte mit den Armen, doch Laura fing sie geschickt auf. Beide lachten und joggten gleich darauf weiter.

Christina sah den beiden zu. Wieder einmal bemerkte sie mit Erstaunen, wie groß ihre Tochter durch die Prothesen neben Laura wirkte. Selbst die jahrelange Behandlung mittels Fixateuren, um die verkümmerten Schienbeine zu strecken, hatte sie nicht so groß werden lassen.

Nach der Amputation hatte Laura ihr die Prothesen so angefertigt, dass zum ersten Mal in Jessicas

Leben, alle Proportionen von Oberkörper zu Unterkörper stimmten.

Laura! Die Orthopädietechnikerin, die sofort einen Draht zu Jessica gefunden hatte. Alles wäre so einfach gewesen. Christina unterdrückte einen Seufzer und verfluchte den Tag im letzten Herbst, an dem sie Laura einen Korb gegeben hatte.

„Kann ich damit Gleitschirmfliegen?"

„Klar geht das. Mit den Sportprothesen geht fast alles. Nur, wenn du aktiv mit dem Laufen beginnen möchtest, dann sollten wir über Carbon-Prothesen nachdenken", antwortete Laura.

Christinas Aufmerksamkeit galt einzig ihrer Tochter, dennoch spürte sie Lauras Blick auf sich ruhen.

„Nee, Laufen ist nichts für mich. Mama macht das dauernd, das ist stinklangweilig. Ich fang lieber erst mal wieder mit Basketball an. Und ..." Jessica machte eine Pause und fixierte Christina, „... dann machte ich den Schein fürs Gleitschirm..."

„Jessica!" Christina konnte es nicht fassen. „Ich habe dir erst gestern erklärt, dass das definitiv nicht in Frage kommt."

„Und was kommt dann für dich in Frage?" Jessicas Augen glühten vor Zorn. „Zu Hause versauern, während alle meine Freunde unterwegs sind?"

„Jessi, ich ..."

„Das ist gemein! Ich konnte nie wie andere Kinder toben, habe ich mich jemals beklagt?"

„Nein, hast du ni..."

Jessica ließ sie gar nicht ausreden. „Und jetzt, wo ich gesund bin, darf ich nicht mal mit meinen Freunden ins Strandbad. Das ist so unfair!“

„Nein, du bist unfair. Du weißt genau, dass das heute nur nicht geht, weil ich einen Termin habe. Und weil ...“ Sie brach ab und dachte an Jessicas Worte. *Gesund bin! Jessica sah sich nicht mehr als behindert an.* Christina suchte verzweifelt nach den richtigen Worten. „Ich will ... ich kann dich nicht allein mit dem Rad fahren lassen und ich kann den Termin einfach nicht absagen, dazu ist er zu wichtig.“

Laura, die sich bisher im Hintergrund gehalten hatte, trat neben Christina. „Ich könnte Jessica ins Strandbad fahren.“

Christina sah sie verdutzt an. „Aber du hast doch Urlaub.“

„Ja, aber ich habe heute nichts Besonderes geplant.“

„Hm, ich weiß aber nicht, wie lange mein Termin dauert.“

„Wartet mal, ich frage, wie lange die bleiben wollen.“ Blitzartig hatte Jessica ihr Handy in der Hand und tippte drauf los. Sekunden später traf auch schon die Antwort ein.

„Zwischen 6 und 7 Uhr radeln sie zurück.“ Jessica sah sie erwartungsvoll an.

„Na ja, solange dauert mein Termin bestimmt nicht. Aber ich weiß nicht ...“

„Bitte, Mama.“ Jessica sah sie so treuherzig an, dass Christina nichts mehr entgegenzusetzen hatte.

„Also gut, wenn Laura dich tatsächlich hinfahren könnte, dann hole ich dich gegen halb sieben wieder ab." Christina lächelte Jessica an.

„Du kannst auch gerne etwas später kommen. Du brauchst auch mal ein paar Stunden für dich."

„Brauche ich nicht!"

„Doch, ein bisschen Zeit für dich, zum Runterkommen. Du bist völlig unentspannt, seit ich mobil bin."

Laura kicherte unterdrückt und Christina sah sie wütend an.

„Sorry, aber wo sie recht hat ..." Laura machte eine Abwehrbewegung, trat ein paar Schritte nach hinten und blieb an einer von Jessicas Alltagsprothesen hängen, die auf dem Boden lagen. Ihr rechtes Bein knickte weg und sie konnte sich gerade noch abfangen, weil Christina blitzartig reagierte und sie auffing. Sobald sie sicher stand, machte sich Laura los.

„Danke." Laura klang atemlos.

Christina entfernte sich rasch, um Lauras Energiefeld zu entkommen. Ihr Herz hämmerte und sie versuchte, verzweifelt zu verbergen, wie sehr die kurze Berührung sie aus der Fassung gebracht hatte.

Laura wandte sich wieder an Jessica: „Also, ich schlage vor, wir machen hier den restlichen Feinschliff, testen noch deine Beweglichkeit beim Basketball und dann holen wir deine Badesachen und ich bringe dich ins Strandbad. Abgemacht?"

Jessicas Gesicht begann zu leuchten. Christina

wusste, wann sie überflüssig war. „Okay, ich sehe schon, ihr braucht mich nicht mehr." Sie sah auf die Uhr. „Dann verkrümel ich mich jetzt. Hast du einen Hausschlüssel?"

Jessica nickte.

Christina fand ihren Humor wieder. „Und falls ich früher fertig bin, dann nehme ich mir Zeit und gehe in mich, um ein wenig entspannter zu werden."

„Mach das, Mama, das tut dir gut."

„Mach es dir bequem. Ich ziehe mich kurz um, dann können wir los." Laura führte Jessica in ihr Wohnzimmer. Seit sie unfreiwillig in Christinas Armen gelandet war, stand sie wie unter Strom. Und noch immer hatte sie den Blumenduft, der Christina immer umgab, in der Nase. Laura verfluchte sich. Ihr Verstand hatte begriffen, dass Christina kein Interesse an ihr hatte, ihr Herz aber nicht. Dabei war sie sich so sicher gewesen, dass von Christina ebenfalls Signale in ihre Richtung ausgegangen waren, doch die Ablehnung war mehr als deutlich gewesen.

„Danke, Laura. Ich find das echt klasse, dass du das für mich machst."

„Ich mache das gern. Ich hatte heute wirklich nichts Gescheites vor." Laura verzog den Mund zu einem breiten Grinsen. „Laufen wollt ich vielleicht noch, aber nachdem du gesagt hast, dass das sterbenslangweilig ist, überlege ich noch."

Jessica kicherte. „So war das nicht gemeint. Ich

weiß ja, Mama nutzt das Laufen, um den Kopf freizubekommen. Aber seit sie allein ist, lebt sie wie eine Einsiedlerin."

„Wann hat sie sich denn von ihrer Partnerin getrennt?"

„Letzten Sommer. War keine tolle Zeit."

Bingo! Mist, damit war dann aber auch klar, dass sie selbst wohl nicht Christinas Typ war, leider! Sie zwang sich, Jessica zuzuhören, die ihr ausführlich von der Trennung erzählte.

„Carmen hat Mama schon zwei Jahre betrogen, bevor sie es bemerkt hat. Ganz schön fies von ihr. Wir sind dann nach Aschau gezogen, weil es für uns einfacher war, nicht ständig hin und her zu pendeln. Ich war ja schon jahrelang in der Klinik in Behandlung hier. Dann hatte ich den Unfall und den Rest kennst du ja. Mama ist halt ein bisschen ..." Jessica suchte nach dem richtigen Wort.

„Übervorsichtig?"

„So kann man es auch sagen. Wenn sie bloß endlich wieder jemanden hätte." Jessicas Augen blitzten auf. „Warum fragst du Mama nicht noch mal, ob sie mit dir ausgehen möchte?"

„Ä-hm." Laura fühlte sich ertappt. „Ich glaube, das ist keine Lösung, deine Mutter verkuppeln zu wollen."

„Warum nicht?" Jessica kicherte wieder. „Dann wäre sie erst mal von mir abgelenkt."

„Jessi!"

Jessica lehnte sich an den Küchentresen. „Ist doch wahr. Seit meiner Geburt tut Mama nichts anderes, als sich um mich zu kümmern. Jetzt sitze ich aber nicht mehr im Rollstuhl. Der Unfall hatte auch was Gutes, ich bin mobil, wie ich es mir immer gewünscht habe. Mama hätte endlich wieder Zeit, auch mal auszugehen."

„Aber nicht mit mir, sie war nicht interessiert."

„Das glaubst auch nur du. Frag sie einfach noch mal." Jessica grinste.

Laura zog es vor, Jessicas Anstoß nicht zu kommentieren. „Ich zieh mich jetzt mal um", sagte sie stattdessen und ging in ihr Schlafzimmer. Hier zog sie eine Jogginghose aus dem Schrank, dann zögerte sie.

„Spinnst du? Es ist Sommer!", erklärte sie ihrem Spiegelbild.

Schnell griff sie nach Shorts, zog sich um und schnappte ihre Lauftasche. Schließlich betrachtete sie sich im Spiegel und war zufrieden mit dem, was sie sah. Vielleicht sollte sie doch noch einmal ...

„So ein Quatsch. Lass dir von Jessi keinen Floh ins Ohr setzen und jetzt mach schon." Sie schüttelte den Kopf und öffnete nach einem kurzen Zögern die Schlafzimmertür.

„Na endlich." Jessica lümmelte auf dem Sofa und drehte den Kopf, als sie Laura kommen hörte. Ihr Blick glitt an Laura hinab und verharrte.

„Ä-h-äm ...", brach Laura schließlich das Schweigen.

Jessica erwachte aus ihrer Erstarrung, dann stand sie auf und eilte zu Laura. „Krass!“

Kurz nach 15 Uhr trat Christina aus der Flugschule, blinzelte gegen das grelle Sonnenlicht an und setzte ihre Sonnenbrille auf. Die Besprechung war sehr gut gelaufen und etwas früher beendet, als sie geplant hatte.

Was mache ich jetzt, bis ich Jessica abholen kann? Der Gedanke ließ Christina zusammenzucken. *Hatte Jessi recht und sie wusste langsam aber sicher nicht mehr, was sie mit sich anstellen sollte?*

„Was hast du früher gemacht, wenn du Zeit hattest?“, fragte sie sich leise und lief zu ihrem Auto. Lauras Bild erschien vor ihrem geistigen Auge. Vielleicht sollte sie ... mal wieder ausgehen ... Aber mit wem? Sie beschloss kurzerhand, sich den Kopf freizulaufen.

„Genau, das mache ich“, murmelte sie und schlug den Weg nach Hause ein. Dort zog sie sich um, packte alles ein, was sie für einen Berglauf brauchte und machte sich auf den Weg zum Parkplatz an der Kampenwandseilbahn, wo sie wie üblich starten würde.

Am Parkplatz fiel ihr Blick auf die Seilbahn, die hinauf zur Sonnen-Alm führte. Bis zur Steinlingalm konnte sie es heute schaffen. Dort konnte sie eine Pause einlegen, noch etwas die Sonne genießen und dann in Ruhe zurücklaufen. Zufrieden mit ihrem

Plan, zog sie den Zündschlüssel ab, schnappte ihr Handy und beobachtete beim Aussteigen die bunten Gondeln, die gemächlich in die Talstation der Kampenwandseilbahn ein- und wieder ausfuhren.

Nachdem sie die Schuhe gewechselt hatte, schloss sie ihr Auto ab. Ein paar Dehnübungen folgten, dann lief sie los. Sie querte den Parkplatz und kam zur asphaltierten Straße, der sie den ersten Kilometer folgen würde, bevor sie in den Waldweg abbog. Während sie lief, zog die nächste Gedankenwolke auf. *Sollte sie Jessica wirklich mehr Freiheiten lassen? Hatte Laura recht und sie nahm Jessicas Handicap viel zu ernst?*

Handicap? Na und? Dieser Satz hatte sie erschüttert. Sie sollte sich ein Beispiel an ihrer Tochter nehmen, die noch niemals mit ihrem Schicksal gehadert hatte.

Handicap? Na und? Sie ist ein sehr mutiges Mädchen. So ähnlich hatte sich Laura geäußert. *Laura!* Schon zog die Gedankenwolke weiter zu der wunderbaren Frau – wie so oft in den letzten Wochen. Und schon wieder poppte die Frage auf, ob sie nicht doch einen Annäherungsversuch wagen sollte?

Mehr als Nein sagen kann sie nicht, machte sie sich selbst Mut. Während sie darüber nachdachte, wie sie dies einfädeln konnte, starrte sie stur vor sich auf den Boden und ignorierte die Natur um sich herum. Christina kannte sich, sie konnte stundenlang in der freien Natur sitzen und einfach nur schauen und die Schönheit der Berge genießen. *So, da hast du es, du weißt also ganz gut, was du mit dir anfangen kannst.* Irgendwie beruhigte sie dieser Gedanke.

Nach einiger Zeit führte der Weg aus dem Waldstück auf eine Lichtung. Völlig in ihre Gedankenwelt versunken, joggte sie weiter bergauf. Plötzlich nahm sie ein Geräusch über sich wahr und blickte zum Himmel.

Fasziniert blieb sie stehen, und schaute zu, wie der orange-rote Gleitschirm am Himmel schwebte, Kurve um Kurve drehte und schließlich weiter talabwärts segelte.

Mit vierzehn Jahren konnte man mit der Ausbildung beginnen, Jessicas Prothesen stellten kein Hindernis dar, hatte ihr der Leiter der Flugschule erklärt. Auch wenn Christina immer noch Bedenken hatte, beschloss sie, Jessica die Ausbildung zu ihrem Geburtstag im kommenden Monat zu schenken. Ihr war beim Laufen klar geworden, dass sie Jessica die Freiheit lassen musste. Dann konnte auch sie sich den Veränderungen stellen, die das Leben für sie selbst noch bereit hielt.

F-U-C-K! Lautlos formten Lauras Lippen das Wort, als sie die einsame Person auf der Wiese erkannte. Bruchteile von Sekunden überlegte sie, ob sie einfach umdrehen sollte, doch dann ließ sie es bleiben. Beim Näherkommen dämpfte das Gras ihre Schritte und nur ihr stoßweiser Atem war zu hören. Als sie mit etwas Abstand hinter Christina anhielt, sagte sie: „Klasse Aussicht, nicht wahr?“

Christina fuhr herum.

Laura konnte den Ausdruck ihrer Augen wegen der Sonnenbrille nicht erkennen, dennoch war sie sicher, dass Christina sie erstaunt musterte.

„Äh ja. Was machst du denn hier?“ Christina schob nun ihre Sonnenbrille nach oben und Laura bemerkte ein erfreutes Blitzen in ihren Augen.

„Offenbar dasselbe wie du.“ Sie versuchte ein Grinsen, das misslang, weil sie bemerkte, wie Christinas Blick zu ihren Beinen huschte und dort verharrte.

F-U-C-K, ich hätte es ihr sagen sollen, dachte sie, fuhr sich nervös über den Arm und wartete auf einen Kommentar.

„Du läufst auch? Das ist ja nett. Ich wollte noch rauf zur Steinlingalm, eine Pause einlegen und dann umkehren. Wollen wir vielleicht zusammenlaufen?“, war jedoch alles, was Christina sagte und Laura erkannte zu ihrem Erstaunen Bewunderung in Christinas Augen, als sich ihre Blicke trafen. Mit keinem Wort ging Christina auf die Entdeckung ein.

Während Laura noch ihre Gedanken ,sortierte, räusperte sich Christina und ergänzte atemlos: „Kann ich dich oben vielleicht auf ein Wasser oder was anderes einladen?“

„Äh gern. Sehr gern sogar.“ Laura überlegte krampfhaft, ob sie die Frage aussprechen sollte, die ihr auf der Zunge lag. Schließlich überwand sie sich.

„Wäre das ein Dankeschön fürs Fahren oder ein … äh … erstes Date?“

„Wäre es falsch, wenn es ein Date wäre?“, konterte Christina, aber ihr Blinzeln offenbarte ihre Nervosität.

„Ein Date wäre toll“, erwiderte Laura schnell, dann zeigte sie auf ihr linkes Bein. „Aber was ist mit meinem Handicap?“

„Handicap? Wo? Ach da, na und?" Sie deutete auf Lauras Prothesenschaft, der mit einem Tattoo, ähnlich wie dem auf ihrem Oberarm verziert war. „Sieht übrigens echt heiß aus.“

Zurück

Helen Sonntag

Helen Sonntag wurde 1961 im Münsterland geboren und lebt dort mit ihrem Ehemann. Schon in der frühen Jugend hat sie Bücher eher verschlungen als gelesen. Den Mut, selbst zu schreiben, fasste sie deutlich später. Zunächst waren es Berichte für die Familie über besondere Reisen, so sind die Erlebnisse mit Jeep und Dachzelt in Botswana als Taschenbuch erschienen. Später wurden es dann eigene Geschichten. Heute füllen kreative Hobbys wie Kochen, Singen, Malen und natürlich das Schreiben die Freizeit aus.

Ich schaue noch der roten Seilbahnkabine mit der Nummer 20 nach, wie sie hinter den hohen Fichten verschwindet. Leer schwebt sie von eintausendfünfhundert Höhenmetern zurück ins Tal. Dann drehe ich mich um. Es vergeht kein Tag, an dem ich meinen Blick nicht in die Zentralalpen schweifen lasse. Ganz bewusst nehme ich das schöne Panorama auf. Aus einem Meer aus Wolken reckt der Wilde Kaiser seinen Gipfelkamm auf. Ganz weit entfernt am Horizont ist der Großglockner zu sehen. In der Märzsonne glitzern die Gipfel der Berchtesgadener Alpen. Meine wunderschöne Heimat.

„Mama!"

Amelies Rufen schreckt mich aus meinen Träumereien. Ich wende mich dem Weg zu, den meine Tochter bereits vorgelaufen ist. In der einen Hand hält sie das Bündel Briefe, das wir von der Post geholt haben und in der anderen schwenkt sie eine Karte.

„Guck mal, Mama, was in der Post ist." Die Zehnjährige läuft auf mich zu, die blonden Zöpfe wippen beim Laufen auf und ab. Sie hält mir eine Postkarte hin. Zwischen den Fingern erkenne ich den Kopf der Freiheitsstatue.

Wer schreibt uns denn aus Amerika? Mein Herz klopft. Ich greife nach der Postkarte. Unter den Wellenlinien des Poststempels lese ich: „Ankomme 4/17, Flight LH 413 Munich. Freue mich. Tante Erika".

„Tante Erika?“ Verständnislos schaue ich die Zehnjährige an. Tante Erika ist doch vor langer Zeit ausgewandert und nie wieder gekommen. Warum jetzt?

Amelie nimmt meine Hand und zieht mich. „Komm“, sagt sie, „oder willst du hierbleiben?“

Wir nehmen den Wanderweg Nr. 20, vorbei an der SonnenAlm. Auch jetzt sitzen hier viele Menschen auf der Panoramaterrasse. Tief drinnen bin ich schon neidisch; nur wenige Meter von der Bergstation entfernt, kehrt fast jeder Wanderer hier ein, besonders die Gehfaulen.

Bei den sicheren Einnahmen brauchen die sich keine Sorgen darüber machen, ob sie die Gehälter der Angestellten zahlen können, im Gegensatz zu mir. Ich denke an den ganzen Papierkram im Büro, der unbedingt heute noch fertiggestellt werden muss, Buchungsbestätigungen für die Zimmer, Rechnungen für den Restaurantbetrieb und die Planungen für die Hütten-Gaudi im Festzelt. Und ich mag gar nicht daran denken, wie viele Rechnungen das Bündel Briefe enthält, das Amelie wie einen Schatz bei sich trägt.

Den Weg durch Almwiesen und verschiedene Felsformationen der Kampenwand gehen Amelie und ich schweigend nebeneinander her. Ich hänge meinen Gedanken nach. Das Kühlaggregat im kleinen Lagerraum hat schon wieder Aussetzer, eigentlich müsste ich es ersetzen und jetzt ist auch noch das Auto in der Reparatur. Leider war das Wetter im Herbst und Winter schlecht, oft zu windig für die Seilbahn und statt Schnee gab es zu viel Regen. Meine finanziellen Reserven sind aufgebraucht. Es ist ja nicht so, dass mir die Einnahmen fehlen, aber es sind zu wenig, um in den schlechten Monaten über die Runden zu kommen.

In der warmen Stube hat Franz den Tisch für uns gedeckt und trägt die Speckknödelsuppe auf. Schüchtern lächelt er mich an. Als junger Mann war er schon beim Vater Küchenhilfe und ich habe ihn übernommen. Sind es jetzt dreißig Jahre, dass er auf der Alm arbeitet?

Was soll aus ihm werden, wenn ich den Betrieb schließen muss? Er hat nichts anderes. Ich beobachte, wie Rosi die Tische für die gerade angekommene Wandergruppe richtet. Mir wird schlecht. Aber ich darf mir nichts anmerken lassen. Morgen ist der Termin bei der Bank. Tränen steigen mir in die Augen. *Los,* sage ich mir selbst, *reiß dich zusammen. Alle, die hier leben und arbeiten, hängen von dir ab. Du kannst dich nicht gehen lassen. Es wird eine Lösung geben.*

„Wer ist denn eigentlich Tante Erika?“

Den Teller schon halb leer gegessen strahlt Amelie mich an.

„Schatz, Tante Erika ist die kleine Schwester von Opa und lebt schon so lange in Amerika, dass ich kaum eine Erinnerung habe.“

„Wo lebt sie denn in Amerika?“

Ich schaue in die leuchtenden Augen. Allein der Name *Amerika* führt bei meinem wissbegierigen Mädchen zu Unruhe, sie rutscht auf ihrem Stuhl hin und her.

„Das weiß ich nicht, Schatz.“

„Schade. Ich muss gleich mal in den Atlas schauen. Amerika!“ Sie springt auf und rennt aus der Stube.

„Mach aber bitte auch deine Schularbeiten, Amelie“, rufe ich ihr noch hinterher.

Es ist doch eigenartig, dass man denkt, man müsse nur ein gutes Kostüm anziehen und dann läuft es bei der Bank mit dem Kredit. Ich drehe mich vor dem Spiegel hin und her. In dem hellblauen Kostüm fühle ich mich zwar nicht besonders wohl, aber, um einen Kredit von der Bank zu bekommen, will ich so elegant wie möglich erscheinen. Ob die Bluse zu tief ausgeschnitten ist? Ach was, ein wenig Busen kann nicht schaden. Ob ich meine Angst im Ausschnitt verschwinden lassen kann? Schön wärs.

Herr Niedermeier begrüßt mich in seinem Büro. Seine stahlblauen Augen haben, seit er die kleine Genossenschaftsbank vor fünf Jahren übernommen hat, nichts von ihrer Anziehungskraft verloren.

„Guten Tag, Frau Almbichler. Nehmen Sie doch bitte Platz. Kann ich Ihnen eine Tasse Kaffee anbieten?“

Nervös streiche ich meinen Rock glatt. Meine Hände zittern.

„Kaffee?“, wiederholt Herr Niedermeier seine Frage und zeigt auf die Kaffeekanne.

Ich muss mich räuspern. „Gern. Danke.“

Während er zwei Tassen füllt, Zuckerdose und Milchkännchen zu mir schiebt, fällt mein Blick auf das Foto auf seinem Schreibtisch. Die rassige Elsbeth hatte ihn schnell nach seiner Ankunft hier geangelt; die beiden niedlichen Mädchen vollenden das Glück. Wie kam ich bloß auf die Idee, diesen Mann zu bezirzen, damit er mir finanziell hilft?

„Frau Almbichler, Sie hatten um einen Kredit von 50.000 € gebeten. Leider haben sie keine Angaben gemacht, wofür Sie das Geld benötigen.“

Mir rauscht das Blut in den Ohren. Ich weiche seinem Blick aus. „Herr Niedermeier, die Alm ist das Erbe meines Vaters. Seit fünfzehn Jahren bin ich nun schon die Besitzerin und seit dem Tod meines Ehemanns vor fünf Jahren führe ich sie allein.“

Ich beobachte, wie er an seinem Kaffee nippt. Meine Tasse ist noch unberührt, wahrscheinlich würde ich den Inhalt über mein Kostüm schütten, so zittern meine Hände.

„Sie wissen, dass ich auf der Kampenwand im Wettbewerb zu den anderen Almen stehe“, fahre ich fort und langsam gewinnt meine Stimme an Festigkeit. „Früher reichte eine ordentliche Brotzeit mit einem zünftigen Bier, um die Menschen anzulocken. Die Wanderer werden immer anspruchsvoller, wollen das Besondere. Bioprodukte sind sehr beliebt. Diesen Trend muss ich mitgehen, damit mir die Gäste nicht ausbleiben."

„Das ist mir schon klar. Für mich ist Ihre Alm die beste hier im Umkreis. Aber damit weiß ich noch nicht, wofür Sie so viel Geld benötigen."

„Ich möchte meinen eigenen Ziegenkäse herstellen und vermarkten. Grundkurse zur hofeigenen Milchverarbeitung und Aufbaukurse zur Ziegenkäseherstellung habe ich schon beim Verband für handwerkliche Milchverarbeitung erfolgreich besucht. Meine ersten Tests hatten hervorragende Ergebnisse."

„Ziegenkäse? Frau Almbichler, wie viele Produzenten gibt es denn schon in der Umgebung?"

Genau die schlechteste Frage bringt er zuerst.

„Herr Niedermeier, es geht nicht um irgendwelche Ziegen. Ich interessiere mich für die Pinzgauer Ziege. Sie hat für eine Gebirgsziegenrasse eine sehr gute Milchleistung."

„Und was kostet so eine Ziege? Als Banker habe ich davon wenig Ahnung. Aber ich glaube, teuer sind die nicht. Oder?"

„Sie haben recht. Die Ziegen an sich sind nicht so kostspielig, allerdings muss ich zur artgerechten Tierhaltung einen sogenannten Laufstall für den Winter bauen. Und dann muss ich ja auch noch die Käserei einrichten. Das ist am teuersten. Das Hygieneinstitut führt eine strenge Abnahme durch; erst dann darf ich den Käse verkaufen."

„Haben Sie denn schon Angebote eingeholt?"

„Nein, noch nicht. Ich wollte Ihr Votum abwarten."

„Nach den Unterlagen haben Sie vor sechs Jahren auf Biobetrieb umgestellt und einen Kredit von uns erhalten". Sagt's und blättert die Akte vor sich auf.

Mir wird schwer ums Herz. Eigentlich war doch klar, dass er diesen Einwand anführt.

„Für die Kuhmilch habe ich seit Umstellung des Betriebes in der Molkereigenossenschaft Berchtesgadener Land einen festen Abnehmer. Meine sechzig Milchkühe leisten, was sie können."

„Und Ziegen und Kühe kommen sich nicht in die Quere? Reichen denn überhaupt Ihre Weideflächen?"

„Ich habe die tägliche Futteraufnahmemenge grob kalkuliert, meine Alm bietet ausreichend Weideflächen."

Trotz der vielen Fragen flaut meine Nervosität etwas ab. Die gute Vorbereitung hat sich wirklich gelohnt – auf alles eine Antwort. Was soll jetzt noch schiefgehen?

Herr Niedermeier lächelt mich an, „Ich kann Ihren Plan sehr gut nachvollziehen. Jedoch leite ich eine Bank und da zählen nun mal nur harte Fakten."

Ich sitze erwartungsvoll vorn auf der Stuhlkante.

„Frau Almbichler, die Abschreibungsrate für Ihre letzte Investition läuft erst in vier Jahren ab. Ihre Kredittilgung leisten Sie regelmäßig; das ist für mich ein Zeichen, dass Sie in vier Jahren eine Neuinvestition planen können. Vorher kann ich Ihnen keinen zusätzlichen Kredit bewilligen."

„Damit riskieren Sie die Zukunft meines Betriebes. Herr Niedermeier, ich habe Angestellte, die Familien hängen an dem Gasthof.“ Ich ringe nach Luft.

„Liebe Frau Almbichler, das einzige, was ich Ihnen anbieten kann, ist, gemeinsam mit Ihnen ihr neues Konzept dahingehend zu prüfen, in welcher Höhe es zusätzliche Einnahmen erwirtschaften wird, die einen neuen Kredit ermöglichen. Dafür benötige ich von Ihnen einen vollständigen Business-Plan.“

Die Abenddämmerung hängt über dem Zellerhorn. Der Gastraum erstrahlt in warmem Licht, die meisten Tische sind belegt. Hier und dort wird gelacht. Amelie streicht sich die Leberwurst aufs Brot. Ich schiebe die Brotstücke auf meinem Teller hin und her; ich kann einfach nichts essen.

„Mama, Amerika ist aber sehr groß“, meint Amelie und fährt mit dem Finger über den aufgeschlagenen Atlas.

Ich schaue meine Tochter an. Tante Erika. Wie konnte ich sie vergessen.

„Franz, kommst du mal“, rufe ich gedämpft. Eilig kommt er an unseren Tisch.

„Komm, setz dich zu uns.“

Schüchtern schaut er mich an, seine Augenlider zittern. Er wirkt immer so unsicher. Ich rücke ihm den Stuhl hin und zeige mit der Hand darauf, sodass er nicht zurückkann und sich auf die Stuhlkante setzt.

„Franz, kannst du dich an Erika erinnern? Meine Tante, die Schwester meines Vaters."

Er schaut zum Boden. Denkt er nach?

„Franz?"

„Ja, Maria, ich erinnere mich an Erika. Wie könnte ich sie vergessen? Verehrt habe ich sie, wie eine Prinzessin und heiraten hätt' ich sie gewollt. Aber ich war immer nur ihr kleiner Franzl."

Überrascht lehne ich mich zurück. Ich war wohl zu klein damals, um diese Liebesgeschichte mitzuerleben. Hat er deswegen nie geheiratet? Armer Franz.

„Weißt du denn, Franz, wo sie in Amerika lebt und was sie tut?"

„Sie hat mir regelmäßig geschrieben. Sie hat irgendeinen Börsenfuzzi geheiratet und lebt in New York. Doch seit einigen Jahren ist sie Witwe. Ich hatte gehofft, sie kommt zurück, zurück zu mir."

Ich ziehe den aufgeschlagenen Weltatlas zu mir. Drauf liegt die Postkarte. Ich schiebe sie zu Franz hinüber. Er nimmt sie und liest. Ich sehe, wie die Tränen über sein Gesicht laufen.

Er flüstert, „Sie kommt."

Das Flugzeug aus New York soll um zehn Uhr morgens auf dem Flughafen in München landen. Franz, Amelie und ich stehen im Terminal zwei und beobachten die Automatiktüren, hinter denen sich die Zollabfertigung befindet. Jedes Mal, wenn die Türen mit einer Gruppe Passagiere aufschwingen, blicke ich auf das Gewusel zwischen Gepäckbändern und uniformierten Personen, die offene Koffer von erschreckt schauenden Reisenden inspizieren. Würde ich denn Tante Erika wirklich erkennen?

Amelie hat ein tolles Plakat gemalt „Willkommen Tante Erika aus Amerika!“, was wir gemeinsam hochhalten wollen. In mir war eine Hoffnung gewachsen, die Hoffnung auf Tante Erika, die mir vielleicht mit dem Geld aushelfen würde. In meinem Kopf spukte nur noch „Börsenfuzzi“. Tante Erika musste also reich sein. Warum in aller Welt hat sie sich dreißig Jahre nicht bei der Familie gemeldet? Hatte sie Streit mit Vater? Es will mir nicht in den Sinn kommen.

Franz steht neben mir. Seinen besten Anzug hat er an und zum Frisör ist er extra gegangen. Um die Blumenstiele hat er ein feuchtes Tuch und eine Plastiktüte gewickelt, damit sie bis zu Erikas Ankunft auch frisch bleiben. Ein feinsinniges Lächeln liegt auf seinem Gesicht; mir erscheint er jünger und strahlender, seit er weiß, dass seine Erika kommt. Wie gebannt schaut er auf die Türen, die immer wieder Passagiere ausspucken, mal einzelne, mal Gruppen und jetzt einen überladenen Gepäckwagen; Koffer und Taschen sind hoch gestapelt. Geschoben wird der Wagen von einer uniformierten Hostess, die offensichtlich Mühe hat, das sperrige Ding zu rangieren. Daneben geht eine zierliche junge Frau mit kurzen roten Haaren, die in alle Richtungen vom Kopf abstehen. Zu ihrer Jeans trägt sie ein Sweatshirt mit der Aufschrift „New York Yankees“. Sie hält die Hand einer älteren Dame. Wow, denke ich. Die grauen Haare fallen in weichen Wellen bis auf die Schultern und das blau-gelb-rote Tunika Kleid scheint aus Seide, so schimmert es. Das schmale Gesicht ist perfekt geschminkt, die Lippen leuchten rot und der Schmuck funkelt im Neonlicht der Ankunftshalle. Sie zeigen auf unser Plakat, das immer noch am Boden vor Amelie steht, und kommen auf uns zu.

Ich will die anderen zur Seite schieben, damit der Tross an uns vorbei gehen kann, da spricht die junge Frau Franz an.

„Are you Franz?“

Ich bin völlig perplex. Was passiert hier? Ich schaue auf Franz, doch sehe nur, wie er die Blumen zerdrückt und fürchte, dass er sie nicht versteht.

„Yes, he is Franz“, sage ich.

Verständnislos wandern meine Augen von der jungen Frau zu der älteren Dame und zu Franz.

„I'm Frances and so glad to meet you“, lächelt sie ihn an. „Mom's always telling crazy stories about her life in Aschau and how much she's loving you.“Mir klappt die Kinnlade runter.

„Franziska“, sagt die ältere Dame mit einem breiten amerikanischen Akzent, „Ich hatte dich gebeten, deutsch zu sprechen, wenn wir in Germany sind. Du hast es schließlich von klein auf gelernt.“ Sie wendet sich mir zu „Du musst Maria sein, meine einzige Nichte. Und wer ist die kleine Prinzessin?“

„Tante Erika?“, stammele ich.

Sie schaut mich konsterniert an. „Erkennst Du mich etwa nicht?“ Und wendet sich direkt Franz zu, der immer noch ungläubig mit großen Augen auf die beiden Frauen schaut. Die Blumen liegen mittlerweile zerrupft vor ihm auf dem Boden.

„Franzl.“ Ihr Blick wird weich. Ich merke, dass Franz vor Aufregung richtig schlottert.

„Erika“, krächzt er. „Willkommen zu Hause! Willkommen zurück an der Kampenwand.“

„Franzl, ich habe dir etwas mitgebracht, nein, ich habe dir jemanden mitgebracht. Ich musste es dreißig Jahre für mich behalten, ich kann es keine Sekunde länger verschweigen.“

Schwer atmend und aschfahl im Gesicht steht sie vor uns, Frances streicht ihr über den Rücken.

„Mom. Later. Please. There’s enough time ...“

„Nein, lass. Ich will es jetzt sagen.“ Und wendet sich wieder Franz zu.

„Franzl, deine ..., Franziska ist ... deine Tochter.“

Beherzt umfasse ich Franz’ Taille mit beiden Armen, bevor er umfällt, und schaue Tante Erika ärgerlich an.

„Musste das sein? Jetzt erinnere ich mich auch, dass du immer schon so widerlich direkt warst, ohne auf die Gefühle anderer Rücksicht zu nehmen!“

„Die Hälfte der Ziegen habe ich gemolken", verkündet Tante Erika stolz und wischt sich mit dem Handrücken über die schweißnasse Stirn.

Mit der blauen Arbeitslatzhose und dem roten Kopftuch erinnert sie kaum noch an die feine Dame, die ich vom Flughafen abgeholt habe. Nur die Augen, die strahlen in einem leuchtenden Blaugrün seit sie Franz getroffen hat.

„Ich bin so glücklich, dass ich Dir helfen kann."

Ich spüre die Wärme, die sie ausstrahlt. Wie anders habe ich sie doch in Erinnerung gehabt. Spontan nehme ich sie in die Arme und ein wohliges Gefühl durchströmt mich. „Und ich bin froh, dass du da bist. Deine Finanzspritze hilft mir über die Runden."

„Ach Liebes, mein Mann hat mir nach seinem Tod so viel Geld hinterlassen. Es ist doch schön, dass das mit waghalsigen Spekulationen gewonnene Geld nun für etwas Gutes nützt."

Ich drücke sie noch fester. „Das ist es aber nicht allein. Seit du mit Franz auf der Alm wohnst, habe ich wieder eine richtige Familie."

Braun – das andere Schwarz

Heike Stadelmann

Von Heike Stadelmann
stammt auch die Geschichte

Auf jede Nacht folgt ein neuer Tag

auf Seite 27

Yori Ameise saß auf seinem Lieblingsfelsen am Kampenwandgipfel und genoss, wie jeden Morgen, die wundervolle Aussicht. Jetzt waren es schon 62 Tage, seit er hierher ausgewandert war.

Die ersten Strahlen der späten Sommersonne vertrieben die Kälte der Nacht aus seinen steifen Gliedern. Seine Augen schweiften über die scheinbar winzigen Spielzeughäuser seines früheren Zuhauses im Tal, Aschau, und den nahegelegenen Chiemsee. Etwas unterhalb entdeckte er zwei Gämse, die einträchtig nebeneinander fraßen. Das Lächeln in seinem Gesicht verschwand. Wie schön musste es sein, einen Partner zu haben - oder wenigstens einen Freund! Da war es wieder, dieses sehnsüchtige Ziehen seines Herzens. Wie sehr vermisste er seinen Freund Quaatsch, den Dickmaulrüssler. Seine Fühler sackten tiefer, er seufzte. Warum konnte er nicht zufrieden sein! Nein, nein, sogleich schob er diese unerhörten Gedanken beiseite. Er war doch glücklich hier! Hatte er doch hier oben seine lang ersehnte Freiheit gefunden! Und das war unglaublich für eine Ameise, die ihr Leben als Arbeiterameise verbringen sollte!

Auf einmal erklang eine zarte Stimme und sang ein Lied voller Sehnsucht, dass es ihm die Tränen in die Augen trieb. Er wandte den Kopf und plötzlich stockte ihm der Atem, einige Felsen weiter stand eine fremdartig anmutende Ameisen-Schönheit.

Sein Kiefer fiel herab, sie trug tatsächlich ein lila Röckchen, mit dem der Wind sein Spiel trieb. Ihren Kopf umschloss ein schillerndes Stirnband in derselben Farbe. Er fühlte sich von ihr angezogen wie ein Schlafwandler vom Mond. Er blinzelte, da war sie auch schon weg.

Wo war sie nur hin? Er musste sie unbedingt kennenlernen! Schnell wuselte er zu dem Felsen, auf dem sie gerade eben noch gesungen hatte. Doch nichts! War sie nur ein Trugbild seiner sehnsüchtigen Fantasie? Da entdeckte er auf dem Boden einen lila Faden. Er lächelte, hob ihn wie einen kostbaren Schatz auf - zögerte kurz und band ihn dann um seinen Arm.

Einige Zeit später wischte Yori mit seinen Fühlern den Saft eines Apfelrests aus seinem Gesicht, er hatte gerade sein Festmahl beendet. Bei den vielen Touristen hier oben, war es nicht weiter schwer, besondere Leckerbissen zu finden. Zufrieden rieb er sich sein rundes Bäuchlein und gähnte herzhaft. Vielleicht erst mal ein Verdauungsschläfchen? Hier oben war er wirklich im Paradies. An Ort und Stelle ließ er sich einfach nach hinten auf ein Graskissen fallen. Und schon wieder wanderten seine Gedanken zu der Ameisen-Schönheit. Wenn sie doch seine Freundin sein könnte! Hoffnung flatterte in seinem Bauch. Kaum lag er dort, riss ihn eine durchdringende Kommandostimme, die ihn an seinen Papa erinnerte, aus seiner Schläfrigkeit. Ach ja, die Arbeiter-Ameisenkolonne, sie schwärmte wieder zur Nahrungssuche aus wie jeden Morgen. Wie schön, dass er nicht mitmarschieren musste!

Da fuhr er auf. Vielleicht gehörte *sie* auch zu ihnen? Möglicherweise war heute ein guter Tag, um neue Freunde zu finden. Irgendwann mussten sie ihn doch akzeptieren! Er war doch auch eine Ameise, wenn auch nicht schwarz wie sie, sondern rotbraun. Aber eben trotzdem eine Ameise!

Laut pfeifend tippelte er los, um sich selbst Mut zu machen. Wenn er sich mitten auf die Ameisenstraße stellte, konnten sie ihn nicht einfach ignorieren wie die Tage zuvor. Der Boden unter seinen Füßen vibrierte bereits.

Da marschierten sie schon im Gleichschritt um die Kurve, wie immer führte die breitschultrige Ameise mit der kräftigen Stimme den Ameisenzug an.

Ein Ruck ging durch Yoris Körper, er setzte sein strahlendstes Lächeln auf und winkte. „Hallooo zusammen! Ich wünsche einen wunderschönen guten Morgen. Ist das nicht ein herrlicher Tag?“ Währenddessen huschten seine Augen über die Ameisentruppe auf der Suche nach einem lila Farbfleck.

Unaufhaltsam näherten sich die abertausenden, trampelnden Füße. Auf einmal schien sein Magen aus einem harten Knoten zu bestehen, der sich immer fester zog, je weiter sie auf ihn zukamen. Würden sie anhalten? Würde er sie wiedersehen?

„Weg da, Ungeziefer! Oder du wirst platt gewalzt“, brüllte der Anführer.

„Warum denn so unhöflich?“ Wie konnte er sie aufhalten? „Mögt ihr süße Äpfel? So saftig, dass mir schon bei dem Gedanken daran, das Wasser im Mund zusammenläuft?“

Er leckte sich mit seiner Zunge über seine Unterlippe. Keine Reaktion. „Na dann werde ich alles alleine essen müssen.“ Dabei verzog er das Gesicht und rieb sich den Bauch. „Oh je, bestimmt bekomme ich von der Riesenmenge Bauchschmerzen.“ Sie waren nur noch eine Grashalmlänge von ihm entfernt.

Auf einmal erschallte die Stimme des Anführers: „Aaab-teiiii-luuung Haaalt!“ Ohne Zeitverzögerung kamen alle zum Stillstand. „Ich hatte mich bereits klar ausgedrückt: Wir wollen nichts mit Fremden zu tun haben. Schon gar nicht mit so einem Nichtsnutz wie dir, der den ganzen Tag auf der faulen Haut liegt und der seinen Stamm kläglich im Stich gelassen hat.“

Yori starrte ihn mit offenem Mund an. „Aber ...“

„Außerdem“, fiel der Anführer ihm ins Wort, „schau dich doch an! Du passt nicht zu uns. Du bist braun und wir von glänzendem Schwarz. Jetzt scher dich aus dem Weg und halte dich von uns fern – ein für alle Mal!“ Mit diesen Worten stieß er Yori grob auf die Seite, der verlor das Gleichgewicht und landete mit dem Kopf voran hart auf einem Felsen. Benommen blieb er liegen, vor seinen Augen tanzten

Sterne. Er musste Ausschau halten nach ihr! Unter Schmerzen stemmte er sich hoch. Doch er sah nur noch den aufgewirbelten Staub der Kolonne. All seine Hoffnung fiel von ihm ab, wie das trockene Laub eines Baumes im Herbst. Würde er hier oben jemals einen Freund finden? Er musste sich wohl doch mit der Spiegelscherbe in seiner Erdhöhle begnügen. Wenigstens hörte diese ihm zu und widersprach ihm nicht.

Als er am nächsten Morgen die Augen aufschlug und sich streckte, zuckte er stöhnend zusammen. Sein Körper schmerzte von den Fühlern bis zu den Klauen seiner Hinterbeine als ob sein Freund Quaatsch, der dicke schwarze Käfer, ihn als Trampolin missbraucht hätte.

Am besten er blieb heute einfach hier in seiner Höhle liegen. Die Aussicht vom Gipfel kannte er schon in- und auswendig, er musste nur die Augen schließen, dann sah er all die Berge und das Tal vor sich. Es würde ihn doch niemand vermissen! Er schluckte, doch der dicke Kloß in seinem Hals ließ sich nicht so einfach vertreiben. Da verhakte sich seine Klaue in dem lila Armband, das er sich gestern noch voller Hoffnung umgebunden hatte.

Plötzlich hallte ein Spruch von Cicero in seinem Kopf, den sein Onkel Herbert – ein Freigeist – liebte und lebte: „Freiheit – die Möglichkeit, so zu leben, wie du willst“.

Seine Fühler zuckten. Wozu war er hierher ausgewandert? Doch nicht etwa, um jetzt aufzugeben?

Mühsam rappelte er sich auf und humpelte zu seinem Lieblingsfelsen los. Doch er wartete vergeblich auf die fremdartige Ameisenschönheit. Und nicht nur heute.

Als er ein paar Tage später wieder auf seinem Aussichtsfelsen saß, durchdrang plötzlich ein erschütterndes Schluchzen die morgendliche Stille. Seine Giftdrüse bebte alarmiert, hastig sah er sich um. Doch niemand war zu sehen. Schnell lief er los, dem Klagelaut folgend. Felsen hinauf und hinab. Auf einmal entdeckte er hinter einem Felsvorsprung einen Ameisenkopf mit lila Stirnband. Sein Atem stockte. Wie nahe sie am Abgrund stand! Vorsichtig näherte er sich ihr, dabei stolperte er über einen Stein. Sie zuckte zusammen, verlor das Gleichgewicht und drohte vom Felsen zu stürzen. Blitzschnell hechtete er vor und riss sie an den Schultern zurück. Sie landeten gemeinsam unsanft auf dem grauen Stein. „Das war knapp", keuchte Yori. „Es tut mir so leid, ich wollte dich nicht erschrecken. Aber du solltest nicht so nah am Abgrund stehen!"

Zwei tränenverschleierte Augen schauten ihn verständnislos an.

„Kann ich irgendwie helfen?" Erst jetzt wurde ihm bewusst, dass er die fremde Schönheit in den Armen hielt. Wie Blubberblasen stieg Glückseligkeit in ihm auf. Am liebsten würde er sie nie wieder loslassen. Doch er musste. Behutsam half er ihr auf. Noch immer sagte sie nichts.

„Ist alles in Ordnung?“, fragte er besorgt.

Sie zuckte nur mit ihren Schultern.

„Ich bin Yori. Ich habe dich kürzlich schon einmal gesehen, du hast so wunderschön gesungen und außerdem habe ich deine einzigartigen Kleider bewundert. Hast du die selbst gemacht?“ Er konnte es kaum glauben, dass er jetzt wirklich neben ihr stand.

Kaum wahrnehmbar nickte sie und flüsterte, „Lilyth.“

„Oh, was für ein schöner Name. Machst du diese Kleidung auch für andere? Weißt du, ich würde gern ...“

Abwehrend schüttelte sie den Kopf. „Das geht nicht.“

„Wie meinst du?“ Yori sah sie verständnislos an.

„Es wurde mir verboten.“ Sie schluchzte: „Mein Bruder will es nicht. Er will mich so nie wiedersehen. Ich soll alles zerreißen und die Felsen hinab schmeißen.“ Sie konnte kaum noch sprechen. „Er sagt, alle müssen gleich sein. Wir sind ein Stamm. Wir müssen zusammenhalten, wenn wir überleben wollen und dafür müssen wir alle gleich sein.“ Tränen strömten über ihr Gesicht.

Fassungslos starrte Yori sie an. Er fühlte nur zu gut, was in Lilyth vor sich ging. Sanft zog er sie an sich und hielt sie fest, bis die Tränen versiegten.

„Es gibt für alles eine Lösung. Schau mich an: Ich bin braun und du bist schwarz."

„Getönt?", fragte sie mit tränenheiserer Stimme.

Verständnislos sah er sie an.

Sie tippte auf seine Brust. „Na, deine Körperfarbe."

Lächelnd schüttelte er den Kopf. „Nein - Natur. Ich bin so, wie ich bin. Ich komme aus dem Tal."

„Ah." Sie nickte. „Du bist also dieser gefährliche Fremdling, vor dem uns mein Bruder Barth gewarnt hat."

Yori riss die Augen auf. „Führt dein Bruder die Arbeiterameisen an?"

„Ja, genau. Stimmt, du hast schon seine Bekanntschaft gemacht."

„Das kann man so sagen." Bei dem Gedanken an ihn verzog er das Gesicht. „Musst du immer machen, was er dir sagt?"

„Du kennst ihn doch! Er kann sehr überzeugend sein. Ansonsten sperrt er mich ein. Und *das* - ertrage ich nicht. Lieber springe ich mitsamt meinen Kleidern über diesen Felsen."

Erschrocken griff er nach ihrem Vorderbein. „Versteck doch deine Kleidung hier irgendwo und ziehe sie an, wenn du hier bist."

Sie zuckte mit den Schultern. „Ich weiß nicht." Ihr Blick schweifte über das Tal. „Aber vielleicht hast du recht - es ist besser als nichts. Ich muss gehen." Mit hängenden Fühlern legte sie das Stirnband ab und zog den Rock aus.

Währenddessen hatte Yori eine Felsspalte gefunden, die tief genug war, um ihre Kleidung vor Wind und Wetter zu schützen. Noch einmal presste sie ihre Kostbarkeiten an sich und legte sie dann mit zitternden Klauen hinein.

„Sehen wir uns wieder?“ Er hielt den Atem an.

„Ich weiß es nicht. Meistens bin ich frühmorgens hier, da ist Barth beschäftigt. Bis er später zurückkommt, muss der Bau sauber und ordentlich sein. Das ist meine Aufgabe.“

Die nächsten Tage hatte Yori das Glück, Lilyth täglich zu treffen, sie unterhielten sich über alles Mögliche und - Unmögliche. Aber er spürte, dass es ihr trotzdem nicht gut ging.

„Nein.“ Sie winkte matt ab. „Niemand kann mir helfen. Es ist zwecklos.“

„Lass es mich wenigstens versuchen! Bitte!“, forderte Yori hartnäckig.

Sie schüttelte ihren Kopf. „Niemand kommt gegen Barth an. Weißt du, ich spüre mich ohne meine Kleider nicht. Es ist meine ganz spezielle Art, mich auszudrücken. Dadurch bin ich nicht eine von Vielen. Ich bin ich.“

„Sag ihm genau das! Vielleicht weiß er nicht, wie wichtig dir deine Kleidung ist.“

„Er will von diesem Thema nichts mehr hören.“

Da fiel ihm noch etwas ein, wie er sie aufmuntern konnte. „Denk daran, in zwei Tagen findet unser nächtlicher Ausflug zum Gipfelkreuz der Kampenwand statt! Ich habe dir doch erzählt, dass zwei Wanderer sich darüber unterhalten haben, dass in dieser Nacht das Gipfelkreuz beleuchtet wird. Das gibt es nur in Nächten vor besonderen Tagen."

Am nächsten Tag erschien sie nicht. Dunkle Vorahnung erfüllte Yori mit bleierner Schwere. Er schob eines seiner Vorderbeine in die Felsspalte, um nachzuschauen, ob ihre Kleidung noch dort war. Doch nichts! Da fühlte er etwas Kleines, Zusammengeknülltes. Hastig zog er es heraus und faltete es auseinander. Sein Herzschlag stockte. Ein Abschiedsbrief von Lilyth!

Lieber Yori,

es war schön, dich kennengelernt zu haben! Es tut mir leid, aber ich sehe keinen anderen Ausweg. Dort, wohin ich gehe, bin ich von grenzenloser Freiheit umgeben.
Deine Lilyth
P.S. Suche mich nicht!

Ihm wurde übel, sein gesamtes Nervensystem schlug Alarm. Er drehte sich im Kreis. Wenn sie sich etwas antat! Er musste sie suchen! Aber wo? Sie war wie eine Nadel im Heuhaufen. Panisch raste er durch die Gegend. Doch keine Spur von ihr. Seine

Verzweiflung bohrte sich immer tiefer in seine Eingeweide. Vielleicht wusste ihr Bruder Barth, wo sie war? Aber wie konnte er ihn fragen? Barth redete doch nicht mit ihm! Geschweige denn würde er ihm zuhören und er mochte nicht darüber nachdenken, wie Barth reagierte, wenn er erfuhr, dass er sich regelmäßig mit Lilyth getroffen hatte. Aber wie sollte er ihr sonst helfen? Sie finden? Er war alleine, sie aber waren viele! Er musste über seinen Schatten springen und Barth um Hilfe bitten!

Schnurstracks rannte er in die Richtung, aus der er vorhin Barths Kommandostimme gehört hatte.

„Hilfe“, keuchte er und baute sich vor Barth auf. „Ich brauche eure Hilfe! Ein Notfall! Es geht um Lilyth!“

Barth packte Yoris Fühler und zog ihn mit einem Ruck zu sich heran. „Ich hab dir gesagt, dass du …“

„Lilyth braucht eure Hilfe!“ Yori strampelte und trat um sich.

Barth knurrte: „Was hast *du* mit Lilyth zu schaffen?“

„Das ist doch jetzt egal! Es geht um Leben und Tod! Ich weiß, dass sie in Gefahr ist! Wir müssen sie suchen!“ Er hielt Barth ihren Brief unter die Nase. „Da schau! Hast du nicht schon genug angerichtet! Wegen dir will sie nicht mehr leben! Weil du sie nicht sein lässt, wie sie ist! Wie kann man nur so engstirnig sein und allen seine Meinung aufzwingen!“ Er riss sich los. „Jeder ist anders! Hast du verstanden, du Dickschädel! Ich bin auch eine Ameise, eine von euch! Auch wenn ich anders aussehe. So ist das bei Lilyth auch. Sie gehört trotzdem zu euch, auch wenn sie ihre besondere Kleidung trägt. Äußerlichkeiten sind nicht wichtig. Hierauf kommt es an."

Dabei klopfte er auf sein Herz. Ein Raunen ging durch die Ameisenmenge. Plötzlich schien sie eine Vakuumglocke einzuhüllen. Kein Geräusch war zu hören, die Luft vibrierte vor Spannung. Yoris Herz pochte wie ein Trommelfeuer.

Da beugte sich Barth zu ihm vor und knurrte: „Wir rechnen später ab, Bürschchen!" Dann wandte er sich an seine Kolonne: „Aaabbb-teieiei-luuung vier gleich große Einheiten bilden! Ausschwärmen in alle Himmelsrichtungen! Suchobjekt Lilyth! Maaarsch!"

Sofort spritzten sämtliche Ameisen sternförmig auseinander.

Und nun? Wo sollte *er* suchen? Der Schatten der Angst ließ ihn keinen klaren Gedanken fassen. Er zwang sich, tief ein- und auszuatmen. Auf einmal hatte er einen Geistesblitz. Pfeilschnell spurtete er los. Nach einer Weile schoss ein brennender Schmerz durch seine entkräfteten Beine, aber er rannte unbeirrt weiter. Irgendwann verlor er jegliches Körpergefühl, er schien seltsamerweise über sich zu schweben. Erst als er am Fuße des Gipfelkreuzes stand, stoppte er. Hoffnungsvoll schaute er nach oben. Würde er sie hier finden? Dann begann er den mühevollen Aufstieg, unaufhaltsam schraubte er sich senkrecht hinauf.

„Lilyth“, flüsterte er vor sich hin, um sich anzuspornen. Endlich erreichte er den Querbalken des Kreuzes, heftig pumpend ließ er sich mit zitternden Beinen darauf fallen. Er hob seine Fühler in den Wind und fing die verschiedenen Duftnuancen der würzigen Bergluft ein.

Da, ein wohlbekannter lieblicher Duft! Er würde ihn unter tausenden erkennen. Sein Magen kribbelte. Lilyth! Sie musste hier in der Nähe sein! Mit neuer Kraft sprang er auf und rannte dem geliebten Geruch nach. Jetzt entdeckte er eine Gestalt am Ende des Querbalkens. Das musste sie sein! Erleichterung weitete sein Herz. Er kam nicht zu spät! Als er jedoch näherkam, erkannte er, dass sie direkt am Abgrund saß.

Auf einmal erhob sich aus dem Nichts ein wirbelndes Getöse. Yori starrte nach oben. Das Blut schien in seinen Adern zu gefrieren. Eine Dohle im Anflug! Er musste Lilyth retten!

Mit der Kraft der Verzweiflung beschleunigte er sein Tempo.

„Lilyth!“, keuchte er. „Pass auf! Über dir ein Vogel! Ich rette dich!“

Die Dohle setzte bereits zwischen ihm und Lilyth zur Landung an. Er musste den Vogel ablenken. Also schrie, hüpfte und rannte er zugleich.

„Hallo du! Hier bin ich! Ich schmecke viel besser!" Da hatte er die Dohle erreicht. Er hechtete sich mit einsatzbereiter Giftdrüse auf ihren Fuß, trat mit sämtlichen Beinen nach ihr und wollte gerade seine spitzen Mundwerkzeuge in ihr versenken, als eine wohlbekannte Stimme dröhnte: „Ich bin es, Barth!"

Yori erstarrte, hatte er Halluzinationen?

„Es droht keine Gefahr von der Dohle." Schon sprang Barth aus dem Gefieder des Vogels.

„Barth! Was machst du hier? Warum ...? Wie ...?, stammelte Yori. Doch dann wandte er sich sofort wieder nach Lilyth um.

Unbeeindruckt von dem Spektakel saß sie noch immer dort am Abgrund, schaute jedoch zu ihnen.

Sogleich stürmte Barth los. „Lilyth! Es tut mir so leid! Ich habe erst jetzt verstanden, was dir deine Kleider bedeuten."

„Bleib stehen, Barth, oder ...!" Sie rutschte ein Stück weiter Richtung Abgrund. „Ich geh nicht mit dir zurück!"

Adrenalin schoss durch Yoris Körper. „Ich habe vorhin mit Barth geredet und ihm deinen Brief gezeigt. Alle sind in großer Sorge um dich und suchen nach dir - die ganze Ameisenkolonne!"

„Was?", fragte Lilyth zweifelnd.

Barth tippte Yori auf die Brust. „Dieser Fremdling hier, hat mir vor versammelter Mannschaft wegen dir die Leviten gelesen, wofür ich noch später mit ihm abrechnen muss." Seine Stimme klang nicht wütend, sondern fast freundlich. „Weißt du, ich habe vorhin auf der Suche nach dir, diese Dohle beobachtet, wie sie verzweifelt versucht hat, ihr Ei, das aus dem Nest gerollt war, aus einer Felsspalte zu befreien. Bei ihr habe ich genau die gleiche tiefe Verzweiflung gespürt, wie ich sie empfunden habe. Also sagte ich mir: Barth, sprich sie an! Warum sollte sie dich nicht verstehen? Ich habe ihr angeboten, mit meiner Ameisenkolonne ihr Ei zu befreien, wenn sie mir bei der Suche nach dir hilft."

Lylith starrte ihn mit großen Augen weiterhin sprachlos an.

Dann stieß Barth gepresst hervor: „Und ich weiß, dass auch *du* das Gleiche durchlitten hast." Seine Fühler hingen herab. „Es tut mir so leid, Lilyth! Mir ist klar geworden, dass ich dich *genauso,* wie du bist, liebe – mit deiner Andersartigkeit! Oder gerade deswegen." Er sah Yori an. „Ich habe begriffen, dass es egal ist, ob jemand braun oder schwarz ist, Fell oder Federn hat."

Lilyth lächelte unter Tränen, stand auf, lief auf die beiden zu und umarmte sie.

Wellen des Glücks schlugen über Yori zusammen und er sagte: „Es sind die Farben unserer Seele, die uns zum Leuchten bringen!"

„Zauberhafte Gienie"

Tanja Petit

Von Tanja Petit
stammt auch die Geschichte

I gangat gern auf d' Kampenwand

auf Seite 39

Oben am Gipfelkreuz der Kampenwand ist es einsam, wie Eugenie es bei diesem Wetter gehofft hat. Feine Regenschnüre fädeln vom wolkenschwangeren Himmel, dessen Farben von Schwarz bis Schmutziggrau variieren – wie ihre Gedanken. Eingehüllt in ihren Regenumhang sitzt sie auf einem Stein und starrt durch Nebelschwaden in die Wolken, die das Panorama verschluckt haben.

Obwohl sie, ihrer Meinung nach, ein gut gepolstertes Hinterteil hat, kommt es ihr vor, als säße sie auf dem blanken Steiß. Eugenie verzieht den Mund. Weniger wegen ihres Hinterns oder der Feuchtigkeit, die in jede ihrer Poren dringt, als um einen gewaltigen Schluchzer daran zu hindern, aus ihrer Kehle auszubrechen. Hinter ihren geschlossenen Augenlidern brennen Tränen.

Er ist einfach gegangen. Ist in den Flieger eingestiegen, der ihn von ihr weggebracht hat. Tausende Kilometer und ganze Ozeane weit weg.

Dicke Tränen quellen unter ihren Lidern hervor, vermischen sich mit dem Regen auf ihrem Gesicht und tropfen ihr vom Kinn. Hier oben hat alles angefangen.

„Schau mal, Mama, ist der nicht süß?“ Eugenie zeigte auf den kleinen Hund, der mit fliegenden Ohren, auf kurzen Beinen und viel zu großen Pfoten, durch den tiefen Schnee flitzte. Zumindest versuchte er zu flitzen, sank aber immer wieder ein.

Dabei hatte sich die Zwölfjährige vorgenommen, ihre Mutter während der ganzen Winterferien zu hassen. Genauso, wie sie ihren Namen hasste. Und das kleine braune Muttermal, etwa einen Zentimeter unterhalb ihres rechten Augenwinkels, welches eigentlich Großmuttermal heißen müsste. Denn sie hatte es, samt ihres Namens, von ihrer Großmutter geerbt. Natürlich war ihre Mutter davon verschont geblieben!

Ihre Mutter Antonietta, genannt Anton, war eine sehr energische Frau. Ihre harsche Unbeugsamkeit hatte sie wohl von ihrer Mutter geerbt, die den Ruf eines feuerspeienden Drachens gehabt hatte. Als Eugenies Oma starb, war Antonietta mit ihr schwanger gewesen und hatte den Namen des Vaters nicht preisgeben wollen. Anton hatte Oma Eugenie an ihrem Sterbebett in die Hand versprechen müssen, das Kind nach ihr zu taufen, so es denn ein Mädchen werden sollte. Klar war es ein Mädchen geworden, kein Junge. Auch das hasste Eugenie.

Jedenfalls, hatte sich ihre Mutter einmal etwas in den Kopf gesetzt, war sie genauso wenig davon abzubringen, wie der Glitzer-Edding, mit dem Eugenie den Tank des Motorrades eines der mütterlichen Freunde verziert hatte, als sie noch klein war.

Nun waren sie hier im Chiemgau auf diesem bescheuerten Berg mit der vorsintflutlichen Seilbahn, die bestimmt doppelt so alt war wie Eugenies Oma. Nur, weil Anton in Aschau Bekannte hatte, die Eugenie aufgrund ihres komischen Dialektes nicht einmal verstand. Zu allem Überfluss sollte Eugenie einen Skikurs machen, was sie auf keinen Fall wollte. Aber sie wurde ja nicht gefragt. Noch einmal etwas, das sie hasste.

Der kleine Hund, der sich inzwischen erfolgreich zu Eugenie durchgekämpft hatte, schnupperte erst neugierig an der Hand, die sie aus dem Fäustling befreit und ihm hingestreckt hatte, und schleckte sie dann hingebungsvoll ab. Dabei wedelte er so heftig mit dem Schwanz, dass sein Welpenpopo wild wackelte. Eugenie ließ dem kleinen Fellknäuel mit der nassen Schnauze und der rosa Zunge nur zu gerne eine ausgiebige Streicheleinheit zukommen. Bis ihre Mutter sie am Kragen packte und von dem Hündchen wegzog, das sie als flohverseuchtes, gemeingefährliches Ungeheuer einzustufen schien.

„Geh dir die Hände waschen“, wies sie ihre Tochter an.

Da sah sie ihn zum ersten Mal: den großen Mann mit der schweren lammfellgefütterten Lederjacke und den derben Wanderstiefeln. Er kam direkt auf Anton und sie zu und lächelte über seinem sorgsam gestutzten Vollbart.

„Hier bist du, kleiner Ausreißer!“ In seiner tiefen Stimme lag ein liebevolles Schmunzeln. Der kleine Hund führte einen ausgelassenen Freudentanz auf und sprang an den langen Beinen des Mannes hoch.

Eugenie ignorierte die Anweisung ihrer Mutter

und fragte: „Ist das Ihr Hund? Hat er einen Namen? Er ist so süß.“

„Bis jetzt heißt er einfach Hund. Ich bin Horst. Und wer bist du?“

Bevor Eugenie ihm antworten konnte, giftete ihre Mutter dazwischen: „Sie können den Hund doch nicht einfach frei herumlaufen lassen. Was, wenn er meine Tochter gebissen hätte!“

Eugenie sah von ihrer Mutter zu Horst und von Horst zu ihrer Mutter.

„Der Kleine hat noch Milchzähne. Kommen Sie, ich halte ihn fest. Dann können Sie sich überzeugen, dass er ein ganz freundliches Kerlchen ist und alles andere als ein Wachhund. Jeder, der mit ihm spielt, ist sein Freund. Wir waren gestern erst beim Tierarzt. Er ist kerngesund.“

Und dann geschah ein Wunder: Anton ging in die Knie und streichelte vorsichtig das seidige Fell des Welpen namens Hund.

„Vor ein paar Jahren hat mich ein Rottweiler angesprungen und ins Gesicht gebissen.“

Horst sagte nichts. Er musterte Anton schweigend mit seinen warmen dunkelbraunen Augen.

„Die Narben sind gut verheilt. Nur das rechte Ohrläppchen fehlt.“ Zur Bestätigung zog Anton ihre Mütze etwas nach oben.

„Ich bin Horst, genannt Hodde. Mit zwei *d,* nicht mit langem *o.*“

Eugenies Mutter errötete. Gleichzeitig bildete sich

eine steile Falte senkrecht über ihrer Nasenwurzel, die ihre Stirn in zwei Hälften teilte. Den Ausdruck kannte Eugenie und beeilte sich zu sagen: „Ich bin Eugenie und das ist meine Mutter Anton."

„Sehr angenehm. Eugenie und Anton, ich freue mich, euch kennenzulernen."

„Antonietta. Ich heiße Antonietta."

„Ich glaube, ich habe einen Namen für den kleinen Kerl gefunden. Was haltet ihr von Eugen?"

„Oh, bitte nicht!", entfuhr es Eugenie entsetzt.

Horst blickte verwundert und wartete auf eine Erklärung.

„Dann lachen ihn alle aus." Eugenie konnte den traurigen Trotz in ihrer Stimme nicht verbergen.

„Mir gefällt dein Name sehr gut. Wenn ich Hund Eugen taufe, werde ich mich immer an das hübsche kleine Mädchen namens Eugenie erinnern, das ich auf der Kampenwand kennenlernen durfte. Lass uns schauen, was Hund dazu meint, ok? Eugen, hierher!", rief er das Tier, das sofort aufhorchte. Es sah beinahe aus, als würde der Hund grinsen, als er zu Horst hüpfte. „Siehst du, ihm gefällt der Name auch."

So trat Horst, genannt Hodde mit *Doppel-d,* in ihr Leben. Der Mann, der den verbitterten Zug um Antons Mundwinkel weichzeichnete. Der Mann, der es geschafft hatte, das harte Herz ihrer Mutter sozusagen im Schleudergang weichzuspülen. Dem sie,

Eugenie, so viel zu verdanken hatte. Nicht nur, dass ihr der Skikurs erspart geblieben war, und sie mit ihrer Mutter, deren bayerischen Bekannten und Horst, einen vergnüglichen Urlaub verbracht hatte. Durch ihn bekam sie in Aschau eine Heimat, als sie wenige Monate nach dem Urlaub von dem Ruhrpott zu Hodde zogen, der in Aschau eine gut gehende Schreinerei betrieb, in der ihre Mutter die Buchhaltung übernahm. Endlich bekam Eugenie ein Zuhause mit viel Lachen und Liebe, Geborgenheit und Verständnis, Wärme und Geduld.

Hodde rettete sie vor dem grausamen Spott der Kinder, die sie wegen ihres Namens und der roten Haare, auch ein Erbe ihrer Großmutter, aufzogen. Er brachte ihr bei, stolz die Schultern zu straffen und schlagfertig zu reagieren. Als er ihr das Bild eines Models zeigte, das trotz, oder vielleicht auch wegen, des gleichen Muttermals wie Eugenie grandiosen Erfolg hatte, stärkte er ihr Selbstbewusstsein. Hodde lehrte sie Mut, lockte sie hinter ihren Büchern hervor und gab ihr das Gefühl, wertvoll zu sein. Sie sagte Papa zu ihm. Und sie war glücklich.

Als Eugenie siebzehn war, tauchte eines Tages Hoddes Stiefsohn auf. Michael war nicht sein leiblicher Sohn. Er war der Sohn seiner ersten Frau, die bei einem Unfall ums Leben gekommen war. Das Jugendamt hatte Michael damals zu seinen Großeltern nach München verfrachtet und der Kontakt zu seinem Ziehvater war abgerissen, obwohl Horst alles in seiner Macht stehende unternommen hatte, den Jungen zu sich zu holen. Wenn er darüber sprach, was er selten tat, lag Traurigkeit in seiner Stimme.

Michael war einundzwanzig, hatte ozeanblaue Augen und einen blonden Wuschelkopf. Er studierte Medizin und Eugenie war ihm auf den ersten Blick verfallen. Es dauerte fast ein Jahr, bis Michael endlich ihre Gefühle erwiderte.

„Du hast mich verzaubert, Eugenie“, sagte er, als er ihr seine Liebe gestand und sie damit auf Wolke sieben beförderte. „Du bist meine bezaubernde Gienie. Wie die Jeannie aus der Serie aus den Sechzigern.“ Seitdem hieß sie ganz offiziell Gienie und war mit ihrem Namen versöhnt.

Einige Jahre waren sie sehr glücklich und er erwähnte nicht mehr seinen Traum, von dem er vorher oft gesprochen hatte. Der hieß Ärzte ohne Grenzen und grenzenlose Freiheit. Er schloss sein Studium ab und machte seinen Doktor, während sie eine Ausbildung in der Tourist-Information machte. Für beide war es die große Liebe. Dachte sie zumindest. Bis ... ja bis die Zusage von Ärzte ohne Grenzen kam. Er hatte ihr nicht einmal von seiner Bewerbung erzählt, der Feigling. Für Michael ging ein Traum in Erfüllung. Für Gienie ging ihre Welt zu Bruch. Ein Jahr Afrika. Ein Jahr ohne ihn. Ein Jahr, das sie irgendwie überstehen musste.

Schmerz schmiedet einen Panzer aus Tränen um Gienies Herz. Der Regen auf der Kampenwand hat aufgehört. Nur innerlich, da regnet es weiter. Sie versteht ihn nicht. Fragt sich, ob sie ihm je wichtig gewesen ist. Warum ihm all die fremden Menschen mehr wert sind, als sie und ihre Beziehung. Ist sie nur der Lückenbüßer gewesen, bis sich sein Traum verwirklicht hat?

Sie spürt die Kälte nicht. Ihr Kummer hält sie warm. Vor vielen Jahren ist Aschau ihre Heimat geworden. Doch jetzt will sie weg. Einfach nur weg und ihre Enttäuschung, zusammen mit ihrem verlorenen Glück, hier auf der Kampenwand und in Aschau zurücklassen.

Eugenie ist so in ihren Gedanken gefangen, dass sie nichts um sich herum wahrnimmt. Nicht die Sonne, die durch die Wolken gebrochen ist. Nicht den groß gewachsenen Mann, der seine widerspenstigen Haare unter eine Bommelmütze gestopft hat und sich ihr zaghaft nähert. Eine Berührung an ihrer Schulter lässt sie zusammenfahren.

„Gienie."

Sie schüttelt den Kopf. Ihre Fantasie spielt ihr einen Streich.

„Es tut mir leid. Ich konnte nicht. Nicht ohne dich. In Nairobi bin ich in den nächsten Flieger nach Deutschland eingestiegen. Bitte verzeih mir. Ich liebe dich."

Eugenie hebt den Kopf und schaut direkt in Michaels zerknirschtes Gesicht. Sie braucht einen Moment, bis sie begreift, dass er keine Fata Morgana ist, und springt auf. Ihre Hand klatscht in sein Gesicht. Für die drei qualvollsten Tage ihres Lebens. Erschrocken schauen sie sich an. Sie über ihre impulsive Reaktion. Er, weil er einiges erwartet hat, aber nicht das.

„Die habe ich wohl verdient."

Eugenie sagt nichts. Sie strafft die Schultern, dreht sich um und geht.

Sei (k)ein Frosch

Ulla Weinheim

Von Ulla Weinhheim
stammt auch die Geschichte

Gipfeltreffen

auf Seite 17

Wie viele Frösche muss ein Mädchen küssen, bis einer zum Prinzen wird?

Andererseits: Was hast du von einem Prinzen? Nichts als Frust. Pfeif auf die tollen Kleider. Und den Privat-Friseur. Mit dem du letztendlich mehr Zeit verbringst, als mit besagtem Prinzen. Dessen Schneider seinen Körper besser kennt als du.

Also lass es. Küss meinetwegen alles, was dir über den Weg hüpft, aber niemals einen Frosch.

Mona hatte schon einige Prinzen (oder wer sich heutzutage dafür hielt) geküsst, sogar ein paar Frösche. Es kam nie zu einer Verwandlung, was durchaus positiv war. Seit ein paar Monaten war sie mit einem Grafen zusammen – einem Fotografen. Harry war recht amüsant, aber weit mehr an Kameras und Blenden interessiert als an Mona. Wie er erst gestern unter Beweis stellte, als sie an der *Moor-Frosch-Erlebnistour* am Bärnsee teilnahmen. Das Klicken seines Fotoapparates hätte jedes Quaken übertönt – falls Moorfrösche da gewesen wären. Einer Legende nach soll dieser See aus den Tränen einer Nonne über ihre allzu eitlen Mitschwestern entstanden sein. Demzufolge hätte er eigentlich salzig sein müssen, ist er aber nicht. So viel zu Legenden.

Heute wollte er unbedingt zu einer Ausstellung historischer Fotografien oder antiker Kameras, die irgendwo am Chiemsee sein sollte. Mona hatte nur mit einem halben Ohr zugehört, als er wortreich davon schwärmte. Sie war nicht ins malerische Aschau gekommen, um den ganzen Tag in einem Museum zu verbringen. Harry war nur mäßig enttäuscht gewesen, dass sie lieber auf die Kampenwand wandern wollte.

In der Broschüre über Wanderwege rund um den Aschauer Hausberg hatte sie eine Route entdeckt, die von der Berg- zur Talstation der Seilbahn führte und knapp drei Stunden dauern sollte. Unterwegs gab es mehrere Einkehrmöglichkeiten. Wenn sie die Strecke in umgekehrter Richtung lief, würde sie vielleicht weniger Wanderern begegnen. Mona war zwar ein geselliger Mensch, doch heute wollte sie ungestört darüber nachdenken, ob Harry wirklich die richtige Wahl für sie war.

Tatsächlich traf sie niemanden, bis sie auf hohe Felswände stieß, an denen der Weg entlangführte. Hier, nach etwa einem Drittel der Strecke, verweilte sie ein paar Minuten, um die Aussicht ins Tal zu genießen. Sie nahm einen kräftigen Schluck aus ihrer Wasserflasche, ging dann über eine Weide, unter einem Sessellift hindurch und fand sich kurz darauf in einem Waldstück wieder. Hier irgendwo musste die Schlechtenberger Kapelle sein, bestimmt ein guter Ort zum Nachdenken und Ausruhen, bevor sie die zweite Hälfte des Aufstiegs in Angriff nahm.

Es war gar keine Kapelle, nur ein gemauerter Marien-Schrein. Daneben stand eine Bank. Sie setzte sich und es tat gut, die Füße auszustrecken. Schade, dass es nicht einmal Teelichter gab. Sie hätte gern welche angezündet, für ihre Eltern und ihren Bruder. Marco war erst sechzehn, als er bei einem Motorradunfall ums Leben gekommen war. Danach war alles anders gewesen, doch darüber wollte sie jetzt nicht nachdenken.

Friedlich war es auf der kleinen Lichtung zwischen vereinzelten Nadelbäumen. Sie schloss die Augen und rief sich Ereignisse und Gespräche mit Harry in Erinnerung. „Harry Graf, Fotograf. Der Name ist Programm“, hatte er sich vorgestellt.

Und genau das war es. Er schien die Welt und die Menschen nur durch die Linse seiner Kamera wahrzunehmen, süchtig nach dem Klicken des Auslösers. Und verbrachte ganze Nächte am PC mit seinem Bildbearbeitungsprogramm. Sahen sie sich einen Film an, kommentierte er jeden Einstellungswinkel, Lichtverhältnisse und Brennweiten, statt sich auf die eigentliche Handlung zu konzentrieren.

Sogar sein Schlafzimmer war perfekt ausgeleuchtet. Mona hatte gleich beim ersten Mal darauf bestanden, dass er die Kameras von den Stativen abschraubte, die zu beiden Seiten des Bettes standen. Es ginge nicht um Pornografie, hatte er versichert, nur um das Spiel von Licht und Schatten auf nackter Haut. Zumindest war er ihrer Bitte nachgekommen, hatte die Kameras im Schrank verstaut und die Klappe demonstrativ geschlossen. Trotzdem konnte Mona sich nie wirklich entspannen, wenn sie die Nacht in seiner Wohnung verbrachten. Immer lugte sie in sämtliche Ecken, ob dort nicht doch eine Kamera versteckt war, und lauschte auf leise Klickgeräusche.

„Grüß Gott“, vernahm sie plötzlich eine tiefe Stimme und zuckte zusammen. Neben dem Schrein stand ein bärtiger Mann in einem braunen Kittel, der bis über die Knie seiner in dunklen Cordhosen steckenden Beine reichte.

„Grüß Gott, Herr Pfarrer“, antwortete sie erstickt, weil sie ihn dafür hielt, obwohl er keinen Priesterkragen trug. Er musste aus der anderen Richtung gekommen sein, also vom Berg herunter.

„Ich wollte Sie nicht erschrecken“, sagte er. „Tut mir leid, wenn ich Ihre Andacht störe.“

„Nein, ich ...“ Sie wollte ‚bete nicht‘ sagen, aber das kam ihr irgendwie unpassend vor. „Sie stören mich nicht“, sagte sie stattdessen, was auch nicht ganz der Wahrheit entsprach.

„Es dauert nicht lange. Die Muttergottes braucht eine Wurmkur“, erklärte er und fügte auf ihren verständnislosen Blick hinzu: „Holzwürmer.“

Gleichzeitig machte er sich an dem Vorhängeschloss zu schaffen, mit dem die Gittertür gesichert war. Sie sah zu, wie er einen kleinen Flakon aus seiner Kitteltasche zog und ein paar Tropfen Öl auf die Scharniere träufelte. Ob es dasselbe war, das er für die Letzte Ölung verwendete? Nein, danach würde sie garantiert nicht fragen!

Das schwere Gitter quietschte trotzdem, als er es zur Seite schwang. Das Holzfenster dahinter schien zu klemmen; der zuvor geöffnete Metallrahmen fiel wieder zu und schlug ihm in den Rücken.

„Kann ich Ihnen helfen?", fragte sie und stand auf. Die Unterbrechung kam ihr nicht ungelegen. Im Grunde hatte sie ihre Entscheidung längst getroffen, es ging eigentlich nur darum, wie sie Harry beibringen sollte, dass ihre Beziehung keine Zukunft hatte.

„Gern. Sie könnten das Gitter für mich offenhalten."

Mona tat es. Dabei fiel ihr ein hölzerner Rahmen mit Gurten auf, den er an der Seite abgestellt hatte. Mit dem sollte wohl die Madonna ins Tal transportiert werden, zu einer Holzwerkstatt. Komischerweise rührte er sich auf einmal gar nicht mehr. Sie wandte den Kopf und sah direkt in des Pfarrers Augen.

„Mona?", fragte er überrascht. „Mona Bachmann?"

„Äh, ja. Woher wissen Sie ..."

Plötzlich umfasste er ihre Oberarme und musterte sie von oben bis unten. Dann ließ er sie genauso plötzlich wieder los und bekreuzigte sich.

„Heilige Mutter Gottes. Du bist es wirklich."

„Entschuldigung, aber ..."

Wieder ließ er sie nicht ausreden.

„Erkennst du mich nicht? Ach so, der Bart. Ich bin's, Fabian."

Plötzlich war sie wieder siebzehn. Fabian Ranstein, ihre erste große Liebe. Dessen Kuss einen unbeholfenen Frosch in eine Prinzessin verwandelt, ihr das glücklichste Jahr ihres Lebens geschenkt hatte. Fabian, der Marco auf seinem Motorrad mitgenommen und sich bei dem Unfall auf regennasser Straße lediglich einen Arm gebrochen hatte, nicht den Hals. Der spurlos verschwunden war und sich nie wieder gemeldet hatte. Man munkelte, er sei wegen seiner Schuldgefühle ins Priesterseminar eingetreten. Und welch ein Verlust für die Frauenwelt das war. Die Frauenwelt war ihr egal. Sie hätte ihn gebraucht in ihrem Schmerz. Sie hatte er im Stich gelassen. Hatte ihnen die Möglichkeit genommen, sich gegenseitig zu trösten.

Schlagartig stürzte sie zurück ins Hier und Jetzt. Warf ihm das Erste an den Kopf, das ihr einfiel: „Wo warst du all die Jahre? Warum hast du nie angerufen? Wenigstens einen Brief geschrieben?“

„Ich kam zu eurem Haus. Dein Vater hat mich rausgeworfen. Ich habe angerufen. Deine Mutter hat mir verboten, es jemals wieder zu tun.“ Er vergrub seine Hände in den Taschen des Kittels als ob er befürchtete, sie könnten sich selbstständig machen, etwas Unangemessenes tun. „Es gab eine einstweilige Verfügung. Ich wäre verhaftet worden, wenn ich es gewagt hätte, mit dir Kontakt aufzunehmen. Dann seid ihr über Nacht weggezogen. Wohin hätte ich schreiben sollen?“

Unvermittelt breitete er seine Arme aus. Sie ging zwei Schritte rückwärts, stieß an eine Wurzel und konnte sich gerade eben auf den Beinen halten.

„Zehn Jahre. Meine Eltern sind seit acht Jahren tot. Noch ein Unfall. Angeblich. Zehn verdammte Jahre ohne ein Lebenszeichen von dir! Wenn du gewollt hättest, hättest du mich finden können. Offensichtlich hast du jemand anderen gefunden, den du mehr liebst. Falls du mich überhaupt je geliebt hast."

„Das habe ich und das weißt du. Ich habe nie damit aufgehört." Er machte einen Schritt nach vorn und streckte die Hände nach ihr aus. „Mona."

Sie schüttelte den Kopf, ging seitlich an ihm vorbei. Er hielt sie nicht auf. Sie kam bis zur Bank. Musste sich setzen, weil ihre Knochen sich verflüssigten, ihre Ohren zur Heimstatt eines Hornissenschwarms wurden, und ihre Augen die Nebelschwaden nicht durchdringen konnten. Erstaunlich, dass ihr Herz noch immer schlug. Stolpernd zwar, schmerzhaft, aber immerhin schlug es. Wozu?

„Mona."

Allmählich lichtete sich der Schleier, kehrte das Gefühl in ihre Gliedmaßen zurück. Sie fühlte die Wärme seines Körpers neben sich auf der Bank, seinen Arm auf ihren Schultern, seine Hand an ihrer Wange, ihren Kopf sanft zu ihm drehend. Seine Augen. Sie hätte es sehen müssen, aber hatte sie ihn überhaupt angesehen?

„Mona."

An der Stimme hätte sie ihn erkennen müssen, wenn schon nicht am Aussehen. So ein Vollbart verändert ein Gesicht ungemein. Ein Gesicht, das dem ihren gefährlich nahe kam. Fast schon konnte sie die Berührung seiner Lippen fühlen – und fuhr heftig zurück. In der Sekunde des Wiederfindens hatte sie ihn endgültig verloren. An Gott. Ausgerechnet.

„Das darfst du nicht, Fabian."

Schon seinen Namen auszusprechen tat weh. Vielleicht trug er inzwischen einen anderen. Franziskus oder Ignatius oder wie immer Priester sich nannten, wenn sie die Weihe erhielten.

„Bist du an jemand anders gebunden, Mona?"

„Ich nicht. Aber du."

„Es gibt keine Frau in meinem Leben."

„Natürlich nicht." Ob er den leisen Spott in ihrer Stimme hörte?

„Du hast mir nie verziehen, was damals passiert ist? Der Unfall war nicht meine Schuld. Es hat Jahre gedauert, bis ich in der Lage war, das zu begreifen. Zuerst war die Stille hinter den Klostermauern so laut, dass ich die Brüder nicht hören konnte. Und Gott schon gar nicht. Marcos Tod war die schlimmste Erfahrung meines Lebens, aber ich konnte nichts dafür."

„Das wusste ich immer. Schon bevor ich den Polizeibericht gelesen hatte."

„Dann bestrafst du mich – uns – jetzt dafür, dass ich mich nie gemeldet habe? Es ist Schicksal, dass wir uns hier getroffen haben. Ein Fingerzeig Gottes, quasi."

„Oh ja. So einer." Sie ballte die Faust und streckte den Mittelfinger aus.

Rasch umfasste er ihre Hand, verbarg den beleidigenden Finger.

„Tu das nicht, bitte. Nicht an diesem Ort. Du hast dich verändert."

„Da bin ich nicht die Einzige. Heute sollte ich einfach gehen. Dich nicht länger von deinem heiligen Auftrag abhalten. Leb wohl, wie immer du jetzt heißen magst."

„Ich verstehe nicht, was du meinst, Mona. Wenn du gehen willst, werde ich dich nicht aufhalten. Aber diesmal werde ich dich finden. Das ist ein Versprechen. Ich liebe dich, Fröschlein."

„Besser aus der Ferne", murmelte sie, nahm ihren Rucksack und lief eilig den Weg hinauf, ohne sich noch einmal umzudrehen.

Man sagt oft, dass einem das Herz schwer sei, aber es waren doch mehr ihre Füße, die sich kaum vom Boden heben ließen. Sobald sie glaubte, genügend Abstand zwischen ihn und sich gebracht zu haben, umklammerte sie verzweifelt einen Baum und heulte dessen Rinde nass. Bekam das Bild nicht aus dem Kopf: Zwei Frösche auf einem Seerosenblatt. Bereits in einem früheren Leben füreinander bestimmt. Aber nicht in diesem.

Sie brauchte fast eine halbe Stunde bis zum Liftstüberl. Im Gastraum suchte sie die dunkelste Ecke auf, aber weder die Wärme des wuchtigen Kachelofens noch die heiße Suppe konnten ihre innere

Kälte vertreiben. Als eine Gruppe Jugendlicher lautstark zwei Tische in ihrer Nähe mit Beschlag belegte, floh sie förmlich; drückte der Kellnerin im Vorbeigehen eine Banknote in die Hand und verzichtete aufs Wechselgeld.

Auf dem Panoramaweg zwischen Steinling- und SonnenAlm tummelten sich erwartungsgemäß viele Leute, vor allem am Andachtskreuz, von dem aus man auf den Chiemsee hinunterblicken konnte. Mona hatte kaum Augen dafür, auch nicht für den schroffen Gipfel der Kampenwand. Sie wollte nur so schnell wie möglich mit der Seilbahn nach Aschau hinunterfahren, in der Pension nach einem Zugfahrplan fragen und ihren Koffer packen. Und das möglichst, bevor Harry von seinem Ausflug zurück war. Sie würde ihm einfach eine kurze Nachricht hinterlassen.

Vielleicht bliebe sie noch zwei oder drei Tage in München, bevor sie nach Hause fuhr. Ablenkung gab es in der bayrischen Metropole mehr als genug. Sie musste nur Fabian Ranstein auf den Platz verweisen, den er in den letzten zehn Jahren eingenommen hatte: In den Schlick am Rande des Sees, der ihr Leben war. Immer präsent, doch unerreichbarer als je zuvor. Die Wellen, die er heute aufgewirbelt hatte, würden sich wieder glätten. Vielleicht tauchte eines Tages aus der Tiefe sogar eine zweite Liebe auf, die der ersten annähernd gleichkam.

Als sie den Gastraum der Pension betrat, saß Fabian

an der Theke und unterhielt sich mit der Wirtstochter, die unverhohlen mit ihm flirtete. Er trug noch dieselben Cordhosen, aber weder Kittel noch Soutane, sondern ein ganz normales Jackett über einem blassgrünen Hemd mit offenem Kragen. Die Kleiderordnung in Priesterkreisen ließ heutzutage viel zu wünschen übrig. Mona beschloss, ihn zu ignorieren. Versuchte vergeblich, die Aufmerksamkeit der Wirtstochter zu erregen. Stattdessen wandte Fabian den Kopf, lächelte sie an.

„Da bist du ja endlich, Mona“, sagte er, als seien sie verabredet und sie hätte sich nur ein wenig verspätet.

„Solltest du dich nicht um die Muttergottes kümmern, statt mit der Dorfschönheit zu plaudern?“

„Oh, die Heilige Jungfrau ist in guten Händen. Gerda übrigens auch.“ Er stand auf und stellte sich neben sie. Viel zu nah. „Darf ich dich zum Abendessen einladen?“

„Ins Pfarrhaus? Nein danke.“ Dann wandte sie sich energisch an die junge Frau namens Gerda: „Ich reise ab. Haben Sie einen Zugfahrplan?“

Fabian warf einen Blick auf seine Armbanduhr. „Heute kommst du nur bis Prien. Ist das dein Ziel?“

„Vielleicht.“ Besser eine Nacht in Prien als auch noch Harry über den Weg zu laufen. „Welches Ziel verfolgst du?“

„Ich habe versprochen, dich zu finden. Sieht so aus, als sei mir das gelungen.“

Klar. Hatte ihn wahrscheinlich nur einen Anruf

beim Bürgermeister gekostet. Oder beim Leiter des Tourismusbüros. Wo immer die Meldezettel der Gäste landeten. Bestimmt spielten die drei auch regelmäßig Skat miteinander. Oder Schafkopf. Mit dem Polizeichef als Viertem im Bunde. Alle Honora tioren an einem Tisch.

„Ich könnte dich hinbringen. Mein Auto steht draußen."

„Zum Bahnhof?"

„Wohin immer du willst."

„Gut, dann warte hier auf mich. Machen Sie bitte meine Rechnung fertig?"

„Was ist mit Ihrem Begleiter?"

„Der Herr Graf wird wohl noch länger bleiben."

Mona rannte förmlich die Treppe hinauf, warf wahllos ihre Sachen in den Koffer. Hastig kritzelte sie ein paar Worte auf einen Zettel.

> *Tschüss Harry. Viel Glück mit dem nächsten Fotomodell.*

Nein, es machte ihr nichts aus, Fabian zu sehen. Auch nicht, neben ihm im Auto zu sitzen. Nicht jetzt. Später vielleicht. Und dann konnte sie sich einfach vorstellen, wie er auf der Kanzel stand und eine Predigt hielt. Besser als eine kalte Dusche. Oder ein Sprung in den Schlossteich. Quak, quak.

Sie schleppte ihren Koffer die Treppe hinunter, trat an den Tresen, wo tatsächlich ihre Rechnung lag. Drei Nächte. Ein halbes Doppelzimmer. Sie rundete den Betrag auf, legte die entsprechenden Banknoten auf den Tisch. Dann nickte sie Fabian zu.

„Wir können, Hochwürden.“ Sprach's, drehte sich um und blieb nach drei Schritten abrupt stehen. Wegen des schallenden Gelächters dieser Gerda.

Fabian lachte nicht, doch in seinem Gesicht las sie amüsiertes Begreifen.

„Du irrst dich, Mona. Ich habe zwar jahrelang im Kloster meines Onkels gelebt, bin aber kein geweihter Diener Gottes. Nur ein auserwählter Holzschnitzer, Spezialgebiet Heiligenfiguren.“

Und dann war sie froh, dass seine Arme sie festhielten und vor dem Umfallen bewahrten.

Gipfelstürmer

Monja Luz

Von Monja Luz
stammt auch die Geschichte

Zukunftsperspektive

auf Seite 65

„Ich wünsche Ihnen einen wunderschönen Tag." Die Kassiererin lächelt, während sie Richard die Fahrkarte und das Wechselgeld gibt.

Einen Moment zögert er, betrachtet das Bild der Kampenwand auf der Karte – seine Mission.

„Danke." Er schultert seinen Rucksack und stellt sich in die Schlange. Eine Gruppe mit vier Erwachsenen und zwei Kindern steht vor ihm. Er dreht die Karte in seiner Hand. Berg- und Talfahrt.

Er muss mit seinen Kräften haushalten, sonst wird er die Wanderung bis zum Gipfelkreuz nicht bewältigen können. Wird sich sein Leben durch den Aufstieg verändern? Auf den Gipfel klettern, um endlich unten anzukommen und ein neues Leben beginnen? Die Kampenwand als Reset.

In die Gruppe vor ihm kommt Bewegung. Die Familie mit den zwei Kindern steigt in die Kabine ein. Eine lärmende Gruppe Oberklässler kommt in den Kassenraum und lenkt Richard ab. Ein wilder Haufen Abiturienten. Ihnen steht die Welt offen. Richard denkt an Angela und plötzlich wird sein Hals trocken.

„Das ist Ihre", ruf jemand hinter Richard. Der Mitarbeiter winkt ihm zu. Das junge Pärchen vor ihm steigt ein. Richard macht zwei Schritte, schwankt, der Schmerz in seinem Knie flammt auf. Sein Schrei verhallt als lautes Stöhnen. Schnell fasst er nach dem Türrahmen und zieht sich in die kleine Kabine. Geduckt bleibt er zunächst stehen und setzt sich dann langsam auf die schmale Bank. Das Schweigen seiner Mitfahrer spürt er körperlich. Er hält die Luft an und versucht sein Bein anzuwinkeln, doch der Schmerz lässt ihn erneut aufstöhnen. Dabei stößt er an den Rucksack der beiden. „Entschuldigung."

„Kein Problem. Haben Sie genug Platz?"

„Hm, ja." Richard wendet sich ab, versucht sich mit dem Blick, auf die vorbeiziehenden Baumwipfel abzulenken. Ihn hat es nie in die Berge gezogen. Sonne, Strand und Meer, Ballermann, dort fühlt er sich wohl. Zumindest bis zu dem Unfall. Und doch kann er sich dem Zauber der kargen Felslandschaft nicht entziehen, die sich vor ihnen ausbreitet, als sie die Baumgrenze passieren.

„Würden Sie ein Foto von uns machen?" Die Frau reicht ihm ihr Smartphone. Richard nimmt es ungeschickt entgegen, im Display sieht er sich selbst. Die Narbe hebt sich dunkelrot von seiner blassen Wange ab. Schnell wechselt er in den Fotomodus. Das junge Paar posiert für ihn. Er schießt ein paar Fotos und gibt das Handy zurück.

„Rechts ist eindeutig meine Schokoladenseite." Selbstverliebt zoomt die Frau das Bild größer.

Richard reibt seine Wange. Die Verbrennung hat die Bartstoppeln weggebrannt. Der Airbag hatte ihm das Leben gerettet. Er habe großes Glück gehabt, sagten die Ärzte. Glück?

Richard holt tief Luft. Das Aussteigen aus der Bahn hat erstaunlich gut geklappt und der kurze Anstieg von der Bergstation bereitet ihm keine Probleme. Allerdings liegt die größte Herausforderung noch vor ihm. Er stellt seinen Rucksack auf die Bank und setzt sich daneben. Die Sonne hat das Holz erwärmt. Eine angenehme Ruhe breite sich in ihm aus. Hier würde er endlich ertragen können allein zu sein. Genau den Frieden sucht er.

Eine Gruppe Frauen nähert sich der Bank. Richard schaut zu ihnen.

„Ach, ist das schön hier. Ach, kaum auszuhalten. Lotte, mach doch mal ein Foto von mir.“ Eine von ihnen setzt sich schwer atmend neben Richard.

„Lass mich erst einmal zu Atem kommen, Lisbeth. Komm, ein bisschen Platz ist noch.“ Demonstrativ rutscht die Frau näher an Richard heran. Kurz schließt er die Augen, dann löst er seine Wanderstöcke aus den Schlaufen am Rucksack und stellt sie auf die richtige Größe ein. Mittlerweile haben sich drei weitere Frauen genähert. Wie Geier stehen sie um die Bank und bestaunen die Schönheit der Berge mit vielerlei Worten.

„Da haben Sie sich ein ruhiges Plätzchen ausgesucht, junger Mann.“

Richard nickt und verbeißt sich die Bemerkung, dass die Idylle vor fünf Minuten tatsächlich einmalig gewesen war.

„Schönen Tag noch“, sagt er, während er vorsichtig aufsteht und davonhumpelt.

„Wir wollten Sie nicht vertreiben“, ruf ihm eine

der Frauen hinterher. Er reagiert nicht, läuft stoisch weiter. Der Wind trägt einzelne Wortfetzen hinter ihm her: „... so jung ...“, „... habt ihr die hässliche ...“, „... sicher ein Unfall ...“

Jung? Ja, Angela war gerade achtzehn geworden, das Einser-Abi in der Tasche. Die Welt hatte nur darauf gewartet von ihr erobert zu werden. Ein Jahr ins Ausland, ihr großer Traum. Aber sie liebte ihre Heimat Aschau. Die Kampenwand war ihr Lieblingsort gewesen. Hätte sie den Schritt in die Fremde ohne zu zögern gewagt? Die Chance leichten Herzens ergriffen? Am Ende war ihr die Entscheidung abgenommen worden.

Richard stützt sich auf seine Wanderstöcke, ruht einen Moment. Er ist ein gutes Stück vorangekommen. Das saftige Grün der Alm lädt zum Verweilen ein. Er nimmt einen Schluck aus der Wasserflasche. Gerne würde er etwas ausruhen, aber er weiß, wenn er jetzt nicht weitergeht, wird ihn die Kraft endgültig verlassen. Seine Wanderhose spannt über dem Knie. Drei Operationen und trotzdem sammelt sich bei jeder Anstrengung Wasser im Gelenk. Der pochende Schmerz ist ein Teil von ihm geworden, gibt den Takt seiner Schritte vor.

Mit gesenktem Blick geht Richard weiter, er kann die Schönheit der Gegend plötzlich nicht mehr ertragen. In allem sieht er Angela. Wie oft war sie diesen Weg gegangen? In ihrem letzten Sommer hatte sie in den Ferien auf der Schlechtenbergalm bedient.

Selbst an Regentagen hatte sie Sonnenschein verbreitet.

So stand es in dem Bericht, den die Zeitung über sie geschrieben hatte. Als Belohnung für ihr Einser-Abitur. „Oben auf der Kampenwand bin ich ganz bei mir", wurde sie zitiert. „Wenn ich mich mit den Rücken ans Kreuz lehne und meinen Blick schweifen lasse, liegt mir die Welt zu Füßen. Dann weiß ich, dass ich alles schaffen kann, wenn ich mich nur genug anstrenge."

Richard schaut hinauf zum Gipfel. Die Konturen des Kreuzes zeichnen sich scharf gegen den blauen Himmel ab. Würde der kalte Oktoberwind nicht wehen, könnte man meinen, es ist Sommer. Es wird Zeit weiterzugehen. Das Geröllfeld liegt vor ihm – unüberwindlich. Doch Angelas Worte hallen in ihm nach: Ich kann alles schaffen. In seinen Träumen sieht er sie tanzen. Ihr Haar umspielt ihr Gesicht, seidig glänzend weht es im Wind, wenn sie sich im Kreis dreht. Nicht blutverschmiert und verklebt, wie in jener Nacht, als sie auf dem Asphalt lag.

„Ich kann alles schaffen." Mittlerweile spricht Richard sein Mantra laut aus, keuchend. Der Schmerz zieht bis in seine Hüfte. An der Hängebrücke gönnt er sich eine kurze Verschnaufpause. Sein Blick wandert hinunter in die Tiefe. Wie lange würde es wohl dauern, wenn er sich hier hinunterstürzen würde? Wie viel Zeit bliebe ihm für die letzten Gedanken? Und woran würde er sich erinnern? Richard hebt den Kopf und begibt sich auf den letzten Teil der Strecke.

Endlich ist er an seinem Ziel. Mit beiden Händen umfasst er den Mast des Gipfelkreuzes. Das von der Sonne erwärmte Metall brennt auf seinen Handflächen. Er spürt seinen Puls, fast so, als würde das Kreuz ein Eigenleben führen. Noch fester umklammert er es. Langsam drückt er seine Wange an den Mast. Die empfindsamen Nervenbahnen in der Narbe reagieren sofort auf die Wärme.

Zusammen mit den Schmerzen flammen Erinnerungen auf. Die feucht fröhliche Party am Chiemsee. Die rasante Fahrt mit seinen Freunden durch die Nacht. Auf der Suche nach einer offenen Tankstelle, um Zigaretten zu kaufen, waren sie über die Landstraße gerast. Plötzlich erfasste sein Abblendlicht den Radfahrer.

Richard reißt die Augen auf. Das Panorama der Berglandschaft, die Weite des Ausblicks beruhigt ihn. Mit dem Rücken lehnt er sich an das Kreuz und holt einen Zeitungsausschnitt aus der Brusttasche. Richard entfaltet das Papier, der Wind zerrt daran. Das Bild zeigt seinen dunklen BMW, davor Angelas demoliertes Fahrrad. Unten rechts ein Profilbild von ihr. Die Überschrift lautet: „Betrunkener Autofahrer auf Bewährung frei."

Die Richter hatten sich die Entscheidung nicht leicht gemacht. Doch das Gutachten war eindeutig gewesen, selbst nüchtern, hätte Richard keine

Chance gehabt rechtzeitig zu reagieren. Angela wurde ein Großteil der Schuld zugesprochen, weil sie mit einem unbeleuchteten Fahrrad unterwegs war. Verkehrsuntauglich. Dieses Wort geistert seitdem in Richards Kopf. Untauglich. Er kann dieses Wort nicht in Einklang bringen, mit der jungen Frau, die ihn von dem Bild aus anlächelt.

Sein Verteidiger hatte immer wieder darauf hingewiesen, dass Angela den Unfall selbst verschuldet hatte. Ihre Mutter nahm als Nebenklägerin an dem Prozess teil. Zusammengesunken saß sie da. Richard hatte ihre Anwesenheit kaum ertragen können. Starrte auf seine Hände und konzentrierte sich auf den Schmerz in seinem Knie und das Brennen seiner Wange. Er hatte ihr die Tochter genommen, ob er nun schuldig gesprochen wurde oder nicht.

Schuld. Sie ist die schlimmste Bürde, die er seit dem Unfall trägt. Die Schmerzen, die ihn ständig begleiten, erinnern ihn daran, dass er lebt. Weiterleben darf – muss.

Mit dem Daumen streicht Richard sanft über Angelas Foto. Dann löst er seine Finger von dem Papier und der Wind trägt es mit sich fort.

Ein Sechser im Lotto?

Barbara Danner-Schmidt

Von Barbara Danner-Schmidt
stammt auch die Geschichte

Wiesenphilosophie

auf Seite 9

„Mein lieber Markus, Du weißt, dass ich Dir nicht viel hinterlassen kann. Aber Du sollst auch wissen, dass ich Dich sehr lieb habe. Und ich vertraue Dir ein Geheimnis an: „Auf der Kampenwand gedeiht ein zartes, blaues Blümlein. Suche danach am Johannistag. Wenn es Dir gelingt, es zu finden, wird es Dir großen Reichtum bescheren. Alles Liebe, Deine Großmutter."

„Das ist mal wieder typisch!", schnaubt Markus. „Die Alte war schon immer merkwürdig. Jetzt soll ein Blümchen mich reich machen? Pfff!"

Er zerknüllt den Brief und stopft ihn in die Tonne mit dem Altpapier. Vor vier Wochen hat er seine Großmutter beerdigt, und heute händigte ihm der Notar diesen Brief aus. Kein Sparbuch, keinen Schlüssel für ein Schließfach, kein Testament. Nur diesen ollen Brief. So ein Schrott, was soll er damit?

Am nächsten Morgen geht Markus wie immer zur Arbeit aufs Amt. Die Kollegen haben gerade Kaffee gemacht und plaudern vergnügt. Aber er ist hier, um zu arbeiten, und er weiß auch nicht, was er mit ihnen reden könnte. Sie sollen sich um ihre eigenen Angelegenheiten kümmern. Ein knappes „Guten Morgen" muss reichen, dann lässt er sich auf seinen Schreibtischstuhl fallen und vergräbt sich in die Akten. Doch zwischen all den Bauanträgen ertappt er sich plötzlich beim Gedanken an ein kleines, blaues Blümchen.

Wenn es Dir gelingt, es zu finden, wird es Dir großen

Reichtum bescheren, säuselt die Stimme der Großmutter in seinem Kopf.

An diesem Tag verlässt er das Büro etwas früher. Sonst hat er es nicht eilig damit, nach Hause zu kommen. Seine Frau hat ihn schon vor Jahren verlassen. Sie könne seine Unzufriedenheit und sein ständiges Nörgeln nicht mehr ertragen, hat sie gesagt, die blöde Kuh! Na ja, jetzt gibt es wenigstens keinen Streit mehr – aber eben auch niemanden, der ihn nach der Arbeit erwartet. Es ist ruhig im Haus, manchmal zu ruhig.

Zu Hause hängt Markus seine Jacke an die Garderobe, stellt die Aktentasche ab und schlüpft in die Hausschuhe, bevor er die Papiertonne nach dem Brief durchwühlt. Da! Er fischt das zerknüllte Papier aus der Tonne, streicht es glatt und liest: „Auf der Kampenwand gedeiht ein zartes, blaues Blümlein."

Was zum Teufel ist die Kampenwand? Muss er jetzt auch noch Rätsel lösen? Missmutig greift er zum Laptop und ruft die Suchmaschine auf.

„Ach so, ein Berg im Chiemgau", murmelt er vor sich hin und liest weiter im Brief: „Suche danach am Johannistag." Hm, der ist doch im Sommer, oder?

Ohne groß nachzudenken klickt er sich durch die Seiten, und eine halbe Stunde später hat er sich für ein paar Tage im Juni ein Zimmer in einem Gasthof in Aschau gebucht.

„Mensch, jetzt spinnst du total!", sagt er zu sich selbst. Schon ewig ist er im Urlaub nicht mehr weggefahren. Kostet nur unnötig Geld. Und jetzt will er blaue Blümchen suchen? Was für einen Floh hat ihm die Großmutter da ins Ohr gesetzt! Aber gut. Vielleicht ist es ja gar nicht so übel dort. Der Gasthof sieht zumindest einladend aus.

In einer roten Gondel schaukelt Markus den Berg hinauf. „Das ist also die Kampenwand. Ich bin gespannt, ob es hier überhaupt blaue Blumen gibt!" Nicht zum ersten Mal kommen ihm Zweifel. Aber wo er jetzt schon mal hier ist, kann er sich auch auf die Suche machen. Nur wo? Ziellos marschiert er los. Die neuen Wanderschuhe reiben schnell seine Füße wund, und bald kommt er ins Schwitzen. Verdammt, so eine blöde Idee! Wäre er doch bloß zu Hause geblieben.

„Bin ich ein Trottel!", flucht er vor sich hin und kickt einen Stein vom Weg. Er hat Durst. An der Steinlingalm, unterhalb des Felskamms der Kampenwand, sucht er sich einen Platz auf der Terrasse, wo er ungestört ist. Frustriert nimmt er Platz auf der Bank, bestellt einen Almdudler und lässt den Blick schweifen. Von hier aus kann man bis zum Chiemsee sehen. Da reißt die Wolkendecke auf, und die Sonnenstrahlen tauchen das Wasser in ein silbernes Licht. „Herrlich!"

Hat er eben ‚herrlich' gesagt? Nein, dieser Ausdruck gehört definitiv nicht zu seinem Wortschatz! Markus tippt sich an die Stirn.

„Entschuldigung, ist hier noch frei?“

Er dreht sich um zu der alten Dame, der die Stimme gehört. „Ja, bitte.“

Irgendwie erinnert ihn die Frau mit den silbergrauen Haaren und der randlosen Brille an seine Großmutter. *Jetzt wirst du auch noch sentimental, reiß dich am Riemen,* denkt er, und im nächsten Augenblick zuckt er zusammen.

Die alte Frau legt ein kleines Sträußchen mit zarten, blauen Blümchen auf den Tisch und lächelt ihn an. Er holt tief Luft und nimmt einen großen Schluck aus seinem Glas. Dann fasst er sich ein Herz und erzählt der Dame seine Geschichte.

Sie nickt freundlich. „Deine Großmutter war eine kluge Frau“, lächelt sie. „Einer alten Sage nach wird man reich belohnt, wenn man die blaue Wunderblume findet. Die Blume ist ein Symbol für eine Sache, die schwer zu erreichen ist, aber von vielen ersehnt wird.“

„Ach so, dann gibt es keine Blume, die mich reich macht?“, fragt Markus nun doch etwas enttäuscht.

„Nicht reich an Geld.“ Die Dame wiegt den Kopf hin und her. „Aber wenn du mit offenen Augen und weitem Herzen durchs Leben gehst, wird es dich reich beschenken“, sagt sie und legt ihm ein Blümchen in die Hand. „Das ist deine blaue Blume, hüte sie sorgfältig.“

„Aber wieso musste ich dafür nach Aschau fahren?“, bohrt Markus nach.

„Hm. Wahrscheinlich fand es deine Großmutter hier auf der Kampenwand besonders schön. Das ist auch kein Wunder, schau dich nur um! Bestimmt dachte sie, dass du dich hier wohl fühlst."

Ja, es ist friedlich hier. Die Sonne wärmt ihn, der Ausblick ist grandios, und aus der Ferne bimmeln Kuhglocken. Tief atmet er die frische Bergluft ein. Mit einem Mal steigt ihm der würzige Duft der Bergkräuter in die Nase.

„Heute ist Johannistag, eine gute Zeit für Kräuter", lächelt die Frau. Sie steht auf, verabschiedet sich und lässt Markus verblüfft und in Gedanken vertieft zurück.

* * *

Beep-beep. Beep-beep. Beep-Beep.

Markus angelt nach dem Wecker. Verwundert schaut er sich im Zimmer um. „Komisch, wieso bin ich zu Hause?"

Er kneift sich fest in den Arm. „Aua!"

Mit einem Satz springt er aus dem Bett und hastet in die Küche, wo sein Handy auf dem Tisch liegt. Das Display zeigt den 28. April an. Also hat er alles nur geträumt? Nachdenklich reibt er sich den Nacken. Er steigt unter die Dusche, dreht den Hahn auf und hält den Kopf unter das kalte Wasser. So ein merkwürdiger Traum.

Aber die Worte der alten Frau lassen ihn nicht

mehr los: „Wenn du mit offenen Augen und weitem Herzen durchs Leben gehst, wird es dich reich beschenken.“

Ja, da ist wohl was dran. Mit einem Mal wird ihm ganz leicht ums Herz und er beginnt zu pfeifen.

An diesem Morgen staunen die Kollegen nicht schlecht. Markus stellt einen Apfelkuchen, den er aus der Bäckerei Schmidt mitgebracht hat, auf den Tisch.

„Für die Kaffeepause“, murmelt er zögernd. „Aber erst muss ich mit dem Chef sprechen. Ich will nach Aschau im Chiemgau fahren und brauche Urlaub.“

Jutta, die Kollegin vom Hochbau ist die erste, die Worte findet: „Urlaub? Kuchen? Markus, was ist los mit dir, hast du im Lotto gewonnen?“, fragt sie ungläubig.

„Hm, irgendwie schon“, grinst er.

Vater unser

Ulrike Karner & Marion Bischoff

Ulrike Karner und Marion Bischoff lernten sich im Zuge der Aschauer Autorenwoche kennen und schätzen. Beide sind hier alljährlich als Referentinnen tätig.
Ulrike Karner hat bisher zwei Romane veröffentlicht, in denen sie sich gesellschaftskritischen Themen widmet.
Marion Bischoffs Leidenschaft gilt besonders dem Kinderbuch und dem historischen Roman. Schnell erkannten die beiden Autorinnen den Reiz an einer Gemeinschaftsarbeit, die Sie nun hier lesen können.

www.ulrike-karner.at / www.marionbischoff.de

Lina wagt nur einen kurzen Blick zu Katrin. Ihre Schwester geht etwa fünf Meter vor ihr. Schnaufend bleibt Lina stehen, wischt sich die Schweißtropfen von der Stirn und schüttelt verächtlich ihre missgebildete Hand.

„Könnte ich Wanderstöcke nutzen, ginge es viel leichter", murmelt sie.

Katrin dreht sich zu ihr um. „Geht's noch oder brauchst du eine Pause?"

Lina zieht die Augenbrauen zusammen. „Bei mir geht's noch." Überzeugend klingt das nicht. Bevor ihre ältere Schwester noch einmal nachlegen kann, setzt Lina sich wieder in Bewegung.

Wenig später treten sie aus den Bäumen heraus. Lina entdeckt die Gori-Alm. *Das Schwierigste ist geschafft,* denkt sie und wischt sich den Schweiß von der Stirn. Katrin lehnt am Weidezaun und deutet zum Himmel.

„Da hinauf wird Vater es nicht geschafft haben." Ihr Blick richtet sich starr ins Leere. „Wenn es Gott überhaupt gibt ..."

Jetzt muss ich sie fragen, spornt Lina sich in Gedanken an. Ihr Herz pocht unaufhörlich gegen die Rippen. „Katrin, ich muss ... also ... ich will ..."

„Was willst du? Erst mal tief durchatmen?" Ihre Schwester grinst so breit, dass es aussieht, als fletsche sie die Zähne.

Lina zwingt sich, zu lächeln. „Guter Witz, wie immer."

„Mit ein paar Kilo weniger würde es dir leichter fallen, Schwesterherz.“

Lina atmet tief ein. „Ich kann auch umkehren.“ Beleidigt verschränkt sie die Arme vor der Brust und achtet – wie immer – darauf, ihre verkrüppelte Hand unter der anderen zu verstecken.

Katrin dreht sich von ihr weg. „Ich hatte gehofft, wir kriegen wenigstens diese Wanderung ohne zu streiten hin.“

Lina schluckt. Wortlos folgt sie ihrer Schwester, die sogar in der olivgrünen Trekkingmontur eine gute Figur macht. Sie malmt die Zähne aufeinander. Dann streckt sie sich und beeilt sich, zu Katrin aufzuschließen. „Ich muss mit dir reden.“

„Ich mit dir auch. Wenn wir am Andachtskreuz sind.“ Mit diesen Worten beschleunigt Katrin noch einmal ihren Schritt.

Lina versucht den Abstand zwischen ihnen nicht zu groß werden zu lassen. Katrin bestimmt. Wie früher. *Damals hat sie dafür gesorgt, dass ich nicht mit ihr und Papa draußen zelten durfte. Immer hat sie sich in den Vordergrund gestellt.* Erinnerungsfetzen schwirren durch Linas Kopf.

Auf dem steinigen Hügel am Andachtskreuz breitet Katrin eine Decke aus, hält ihrer Schwester einen Schokoriegel entgegen und zwinkert ihr zu. „Jetzt kannst du bestimmt eine Stärkung gebrauchen.“

Am liebsten würde Lina ihr sofort eine schallende Ohrfeige verpassen, aber sie braucht Katrins Hilfe. Daher lässt sie sich ohne ein Ächzen am Rand der Decke nieder.

„Katrin, du musst mir helfen." Lina streicht sich die schweißnassen Haarsträhnen aus dem Gesicht.

„Wie könnte ich dir denn helfen?" Erstaunt schaut Katrin sie an.

„Ich brauche Geld." Lina atmet aus. Jetzt ist es ausgesprochen.

Das Erstaunen in Katrins Gesicht weicht einer Grimasse. Dann lacht sie. Immer lauter und schriller klingt ihre Stimme. „Geld brauchst du. Von mir? Jetzt, wo Vater nicht mehr da ist, glaubst du, du kannst dich bei mir durchschnorren?" Die große Schwester schlägt sich mit der Hand gegen die Stirn. „Seit ich von zu Hause ausgezogen bin, haben wir fast keinen Kontakt mehr und dann besitzt du die Frechheit, mich um Geld anzubetteln? Verdien dir doch selber welches, dumme Gans!"

„Selber dumme Gans", faucht Lina. *Was bildet die sich ein? Sie ist doch diejenige, die immer alles bekommen hat. Einmal mit dem Finger geschnipst und schon hatte Katrin das neue Sommerkleid, die teuren Schuhe, die Schminke.*

„Hast du schon für ein Haus mit Swimmingpool angezahlt?", fragt Katrin spöttisch.

„Lass das!", zischt Lina und versucht, sich den aufsteigenden Zorn nicht anmerken zu lassen. „Deine Nichte will zur Musikschule. Sie braucht ein Saxofon. Und Nils braucht endlich einen eigenen Computer."

„Ach, mein Herr Neffe will einen teuren Computer. Wie wäre es, wenn seine Eltern dafür arbeiten gingen?"

„Karl arbeitet", presst Lina hervor. „Als Paketfahrer verdient er nur nicht viel."

„Das Kind hat auch noch eine Mutter", gibt Katrin ungerührt zurück. „In jeder Firma gibt es eine Behindertenquote, damit Leute wie du eigenes Geld verdienen können."

„Nicht mit so einer beschissenen Hand." Lina streckt ihrer Schwester die Hand mit den Fingerstummeln entgegen. „Meinst du, ich habe mir den Scheiß ausgesucht?" Nach einer kurzen Pause fügt sie an: „Jetzt habe ich gehofft ..."

„Was denn?" Katrin springt auf. „Dass du mich ausnehmen kannst, wie eine Weihnachtsgans? Reicht es nicht, dass ich für Vaters Schulden einstehe? Du kleines, nichtsnutziges Monster!"

Lina will etwas erwidern, doch es kommt kein Wort heraus. Nichtsnutziges Monster hat sie der Vater oft genannt, wenn er ein paar Flaschen Bier zu viel gekippt hatte. Sie tritt gegen einen faustgroßen Stein, der über den Abgrund rollt. Mehrmals hört sie, wie er aufschlägt. Dann ist Ruhe. Im gleichen Moment weiß sie, was zu tun ist.

Langsam erhebt sie sich. Katrin steht am Kreuz und stützt sich mit einer Hand ab. Sie schaut Richtung Chiemsee. Lina blickt sich um. *Wie gut, dass die Kampenwandseilbahn nicht fährt,* denkt sie. Weit und breit ist niemand zu sehen. Schritt für Schritt nähert sie sich ihrer Schwester, die sich jetzt zu ihr umdreht. Lina hält ihr die gesunde Hand entgegen. „Lass uns nicht mehr streiten."

Es dauert einen Moment. Dann berühren sich ihre Finger. „Du hast recht. Wir müssen in Ruhe miteinander reden. Über all ..."

Noch ehe Katrin zu Ende sprechen kann, versetzt Lina ihr einen Stoß. Katrin taumelt, grapscht ins Leere. Erneut stößt Lina zu. Dieses Mal mit beiden Händen. Dann kippt Katrin über den Felsvorsprung. Ein kurzer Schrei. Ein dumpfer Schlag. Ruhe.

Lina sieht sich erneut um. Dann beugt sie sich vorsichtig über den grauen Felsbrocken. Einige Meter unter ihr liegt Katrin um einen Baumstamm gewickelt, der wohl ihren Fall gebremst hat. Aus der Ferne sieht sie wie eine Barbiepuppe aus, der jemand ein Bein ausgerenkt hat. Die blonden Haare sind blutgetränkt. Ob Katrin wirklich tot ist? Linas Herz hämmert schmerzhaft in ihrer Brust.

„Was habe ich getan?", murmelt sie.

Da sieht sie, wie die Augen ihrer Schwester sich plötzlich öffnen und sie anstarren. Kehlige Laute dringen herauf, und doch versteht Lina jedes Wort: „Jetzt bist du dran, Schwesterherz!"

Katrin hievt sich langsam auf die Knie. In ihrem Kopf

wabert es, als würde er von Nebelschwaden durchzogen werden. Eine Haarsträhne klebt ihr im Gesicht. Katrin streicht sie beiseite, bemerkt das Blut an ihren Händen. Nicht schlimm. Wäre sie ernsthaft verletzt, würde sie Schmerzen spüren. Doch sie fühlt nichts außer einer rasenden Wut, die durch sie hindurch jagt und sich mit jedem Gedanken mehr entzündet. Ihre eigene Schwester hat versucht, sie umzubringen! Das nichtsnutzige Monster wollte sie aus dem Weg räumen, um ihr hart verdientes Geld zu erben!

Katrin wischt sich die blutige Hand am Hosenbein ab und greift nach ihrem Überlebensmesser, das sie stets um ihre Wade gegurtet trägt. Ihr wurde schon oft sehr weh getan, aber niemals von Frauen. Katrin hat wohl geahnt, dass alle Menschen im Grunde schlecht sind, ein kleiner Teil von ihr wollte dem jedoch nicht zustimmen und hat ihr immer wieder Hoffnung auf Liebe und Glück gemacht.

Wie dumm ich war! Ausgerechnet Lina führt mir vor Augen, welchen Narren ich aus mir gemacht habe. Dafür wird der hässliche Krüppel bezahlen! Sie lässt die Klinge ihres Messers heraus und wieder in das Heft schnellen. Katrin hält sich an ihrer Wut fest und drückt ihre Beine durch, bis sie aufrecht steht.

An welcher Stelle könnte sie Lina den Weg am besten abschneiden? Kurzentschlossen wählt sie den dichten Waldrand unterhalb der Gori-Alm als idealen Standpunkt, um sich auf die Lauer zu legen. Dann setzt sie sich in Bewegung. Es geht langsamer voran als gedacht, da ihr das Auftreten mit dem einen Bein schmerzhafte Stiche versetzt. Doch Katrin ignoriert alle Körpersignale und konzentriert sich vollständig auf ihren Racheplan, wie es ihr von ihrem Ausbilder eingeschärft wurde.

Lina wird sich wundern, wie gut sie von ihm gelernt hat, mit einem Messer umzugehen! Niemand wird ihr mehr weh tun. Da! Katrin bückt sich nach einem armdicken Ast, der sich ihr am Wegesrand geradezu als Gehhilfe anbietet. Es scheint da oben doch einen Gott zu geben, dem es nicht völlig egal ist, wenn einem Menschen ein Leben lang Unrecht widerfährt. Durch die göttliche Unterstützung ist Katrin nun überzeugt, nicht nur das Richtige, sondern sogar das Gerechte zu tun.

Sie spürt tief in sich die Gewissheit, für Ordnung sorgen zu müssen, damit das Gleichgewicht zwischen Gut und Böse in dieser Welt wieder hergestellt wird. Ihr bisheriges Leben war nur eine harte Prüfung, die sie auf ihre heutige Aufgabe vorbereitet hat. Sie hat das Leiden aller Frauen auf sich genommen, um sie alle zu erlösen. Wie Jesus.

Katrin fühlt etwas in sich aufflammen, etwas Großes, das mit jeder Sekunde mehr Form annimmt und schließlich als leuchtende Klarheit feststeht. Sie ist der wiedergeborene Jesus Christus!

Mit der Sicherheit auserwählt zu sein, humpelt Katrin weiter, wobei sie den Eindruck hat, den Boden unter den Füßen kaum zu berühren.

Am Waldrand verschafft sie sich einen raschen Überblick und lässt sich hinter einer Kiefer nieder, die ihr eine gute Deckung bietet. Von ihrer Position aus kann sie die Almwiese gut überblicken, die Lina in Kürze queren sollte. Katrin war nie ein gläubiger Mensch, aber jetzt bekreuzigt sie sich und betet, dass ihre Monsterschwester diese Stelle noch nicht passiert hat. Kurzatmig, wie Lina ist, hat sie bestimmt ein paar Verschnaufpausen einlegen müssen. Katrin wischt sich ein Gemisch aus Schweiß und Blut von der Stirn und lässt ihren Blick über die Wiese patrouillieren.

„Ist da oben alles in Ordnung?“

Katrin fährt zusammen und wendet sich blitzschnell um. Sie hat sich vollkommen auf ihre Aufgabe konzentriert und dabei ihren ungedeckten Rücken außer Acht gelassen. Was für ein dummer Anfängerfehler!

Ein Wanderer weicht vom Weg ab und kämpft sich durch das Dickicht zu ihr vor. „Katrin! Was machst du denn hier?“

„Hansi?“ Katrin erkennt ihn trotz Altersfalten und Bierbauch an seiner markanten Stimme. „Ich bin gestürzt, aber es geht schon wieder.“

Hansi erklimmt die letzten Meter zu ihrer Lauerstellung und tastet sie mit seinen Blicken ab. „Jesus, hast du eine große Wunde am Kopf!“

Selbst er erkennt sie! „Alles gut. Geh nur weiter.“

Katrin hebt ihre Hand und segnet ihn im Stillen, wie sie es in ihrer Kindheit beim Pfarrer im Dorf gesehen hat.

„Sieht aber richtig schlimm aus. Ich ruf besser die Bergrettung." Hansi zieht sein Handy aus der Hosentasche.

Katrin hört ihm gar nicht mehr zu. Aus dem Augenwinkel sieht sie Lina über die Wiese walzen, eine Hand an den Brustkorb gedrückt.

„Geh jetzt endlich deines Weges, mein Sohn", fährt sie ihn an.

„Du stehst ja völlig daneben." Seine Wurstfinger bewegen sich erstaunlich flink über das Display.

Katrin sieht Lina immer näher holpern. Wenn sie jetzt nicht augenblicklich reagiert, wird ihre Schwester in einer Minute an ihr vorüber sein. Nein, das darf nicht passieren! Wie von selbst lässt sie die Klinge aus ihrem Springmesser schnappen.

„Bist jetzt deppert worden?" Hansi will sie am Handgelenk packen, um ihr das Messer zu entreißen. Doch Katrin weicht schnell zurück, wobei sie ihn mit der Messerspitze am Arm ritzt.

„Du blödes Mensch", plärrt Hansi. Aus dem feinen Schnitt läuft Blut, das er mit einem Papiertaschentuch notdürftig zu stillen versucht.

Katrin hält ihm das Messer drohend entgegen, kann ein Zittern jedoch nicht unterdrücken, das ihren gesamten Körper erfasst. Jetzt löst sich der Schein von seinem Gesicht und die Fratze tritt darunter hervor. Mit einer Klarheit, die keine Zweifel kennt, begreift Katrin, dass er damals mit ihrem Vater unter einer Decke gesteckt hat. „Verräter!", zischt sie. „Mit dir rechne ich später ab."

In diesem Augenblick hastet Lina an ihrer Lauerstellung vorbei. Jetzt oder nie! Katrin stürzt auf ihre Möchte-gern-Mörderin zu, wird jedoch in letzter Sekunde von Hansi an den Haaren nach hinten gerissen.

„Verräter? I? Jetzt setzt's wos", raunt er in ihr Ohr und gräbt seine Finger in ihre Faust, die das Messer umklammert hält.

Katrins Kopfhaut brennt wie Feuer. Dennoch ist sie nicht gewillt das Messer loszulassen. Niemand wird sie mehr brechen. Auch der Hansi nicht. Was hat sie im Überlebenscamp hunderte Male trainiert? Sie schlägt Hansi mit der freien Faust nach hinten ins Gemächt. Volltreffer! Er jault auf und lässt sofort von ihr ab. In einem einzigen eleganten Bewegungsablauf schwingt sie um die eigene Achse und tritt ihm, so fest es ihr lädierter Fuß zulässt, auf die rechte Kniescheibe, dann auf die linke, worauf Hansi wie ein gefällter Baum zusammenbricht. Keuchend lässt sie sich neben ihrem Peiniger nieder, das Messer schlägt in ihrer zitternden Hand rhythmisch gegen seinen Adamsapfel.

„Endlich habe ich dich gefunden", ruft Lina hinter ihrem Rücken aus.

Erschrocken fährt Katrin zusammen. Ihre Hand

schlägt unwillkürlich aus und jagt das Messer tief in Hansis Hals.

„Es tut mir so leid“, plappert Lina weiter. „Ich weiß nicht, was da oben in mich gefahren ist. Dann wollte ich zu dir absteigen, aber du warst plötzlich verschwunden...“

„Verdammt! Schau, was du angestellt hast!“, schreit Katrin ihre Schwester an. Sie weicht von Hansi zurück und gibt ihr damit die uneingeschränkte Sicht auf den Männerkörper am Boden frei.

Aus Hansis Hals pulst das Blut in Sturzbächen, bahnt sich seinen Weg auf der Erde zwischen Kiefernnadeln und Steinen. Seine Augen weiten sich, die Lippen bewegen sich lautlos.

Lina tritt näher an ihn heran. „Scheiße! Das ist ja der Hansi!“ Sie lässt sich neben ihn plumpsen und presst ihre Hände auf die klaffende Wunde. „Jetzt hilf mir schon!“

Doch Katrin kann trotz größtem Bestreben nicht einmal den kleinen Finger bewegen. Schon verdünnt sich der Blutfluss zu einem schwachen Rinnsal. Die Mimik auf Hansis Gesicht erstarrt.

Lina lässt von seinem Hals ab, beugt sich mit übereinandergelegten Handballen über seinen Brustkorb und lässt sich halbherzig drei Mal darauf fallen.

„Ach, was“, stöhnt sie dann, „der ist nicht mehr zu retten.“

„Das war Gerechtigkeit, weil ich Jesus bin“, stottert Katrin, noch immer völlig erstarrt.

„Bist du jetzt völlig bescheuert? Jesus war die Liebe selbst. Der hat niemanden umgebracht.“ Lina richtet ihren Finger auf Katrin. „Du dagegen schon.“

Die Flamme in Katrins Augen erstickt. Lina hat vollkommen recht. Wie konnte sie nur denken, dass sie etwas Besonderes wäre? Sie ist nur eine von vielen Frauen, die sich in der Dunkelheit des Lebens irgendwie durchwindet. Keine Auserwählte, sondern Abschaum, der es verdient, schlecht behandelt zu werden. „Er hat mich verraten, obwohl er mein Freund war“, stammelt sie.

„Was meinst du damit?“

„Er hat mir damals nicht geglaubt, dass Papa all die bösen Dinge mit mir macht.“ Katrins Stimme klingt hoch wie die eines Kindes. Sie umschlingt ihre Beine mit den Armen und versteckt ihr Gesicht auf den Knien.

„Was hat er gemacht?“ Lina gibt ihre Versuche auf, sich das viele Blut von den Jeans zu wischen. Stattdessen greift sie nach Katrins Arm und rüttelt daran. „Was hat der Papa gemacht?“

„Mir wehgetan. So oft.“ Katrin wiegt sich nach vor und zurück, immer wieder. „Sei froh, dass du nie mit zum Zelten musstest. Ich wäre so gerne an deiner Stelle gewesen, zu Hause bei der Mama in Sicherheit.“

Lina hält sich lange den Kopf. „Ich glaube dir“, sagt sie schließlich. „Ich habe immer geahnt, dass etwas nicht stimmt. Jetzt weiß ich, was es gewesen ist."

„Ich wäre dir gerne eine bessere Schwester gewesen", schluchzt Katrin. „Doch ich habe dich so sehr um deine andersartige Hand beneidet."

„Und ich dich um deine Schönheit." Lina legt ihre andersartige Hand auf Katrins Schulter und deutet mit dem Kopf auf Hansis leblose Hülle. „Lass uns später über alles reden. Zuerst müssen wir dieses Problem aus der Welt schaffen."

Katrin lehnt sich zart an Linas Arm. „Willst du mich gar nicht der Polizei ausliefern?"

„Nein, du hast schon genug erlitten, und ich war auch nicht ganz unbeteiligt." Lina kramt in ihrer Bauchtasche nach dem Handy und tippt eine Nummer ein. „Hallo? Notrufzentrale? Hier liegt eine Leiche. Auf dem Wanderweg zur Kampenwand. Kommen Sie, schnell!"

Katrin spürt, wie sie von Lina auf die Beine gezogen wird. Das Messer wird ihr aus den Fingern entwunden und irgendwohin versteckt. „Aber, du hast mich vor einer Stunde noch umbringen wollen", wendet sie schwach ein.

„Das kann unter Schwestern schon mal vorkommen", raunt Lina ihr zu. Das erste Mal seit frühen Kindertagen tauschen die beiden Schwestern ein aufrichtiges Lächeln miteinander aus.

Marion Bischoff & Gabi Schmid (Hrsg.)

Bankerl-G'schichten

16 Kurzgeschichten

Band 1

ASCHAUER
AUTORENWOCHE

Meine Geschichte
beginnt hier ...

5 Sterne Hotel
RESIDENZ HEINZ WINKLER

Ein Festspielort für die Kunst des Lebens

Der Traum einer idealen Verbindung von Lebensstil und Wohlbefinden, Kultur und exklusiven Essen stand Pate, als Heinz Winkler 1991 im oberbayerischen Aschau seine „RESIDENZ" eröffnete. Der damalige Küchenchef des "Tantris" schuf mit der liebevollen und stilbewußten Renovierung des traditionsreichen Hotels Post einen Ort, der seinen Gästen diesen Traum so nahe wie möglich bringt. In diesem Sinn leitet der Hausherr nicht nur das Restaurant, welches und zu einer neuen Pilgerstätte für Gourmets wurde, sondern auch das Hotel mit seinen 32 Zimmern und Suiten und seinem einzigartigen Ambiente.

Vieles von dem, was der RESIDENZ den Flair von Luxus gibt, ist für Geld nicht zu kaufen: Die traumhafte Landschaft zwischen Chiemsee und Chiemgauer Bergen, unter den Felsen der Kampenwand, je eine gute halbe Autostunde von Salzburg und München entfernt.

Angeschlossen ist der Residenz Vital Resort. Dem Gast stehen eine Dampfsauna, eine finnische Sauna und andere Annehmlichkeiten und Wellnessprogramme zur Verfügung. Das Herz des Hauses ist das Gourmet Restaurant, das nichts von einem überladenen und ehrfurchtsgebietenden Gourmet-Tempel hat. Es ist hell, warm und von unaufdringlicher Freundlichkeit.

In der supermodernen Küche kreieren der Meister und seine Küchenbrigade die Gerichte, die seinen Genießer-Gästen auf der Zunge zergehen. Im Weinkeller ist Platz für rund 25.000 Flaschen, darunter auch edle und rare Chateau-Tropfen von „Latour" bis „Lafite".

*„ **Heinz Winkler:** ist einer der erfolgreichsten Spitzenköche Deutschlands und Begründer der „Cuisine Vitale". Er reicht einzigartige Sterneküche mit vollendetem Service. "*

Gasthof Kampenwand
ASCHAU
Kulinarisch durch das ganze Jahr
Genießen Sie unsere fantastischen saisonalen Gourmet-Aktionen wie z.B.
Schlachtschüssel-Kessel- und Surfleischessen
immer montags von Okt. bis März
Spargel & Bärlauch-Buffet
immer dienstags von April bis Mitte Juni
Schnitzel-Abend
Wählen Sie aus 10 versch Schnitzelgerichten immer donnerstags - fast das ganze Jahr durch
Wild-Wochen
Oktober und November bis Martini - dann gibt's das trad. Ganserl-Essen
info@gasthaus-kampenwand.de · www.kampenwand-aschau.de
Bernauer Straße 1 · 83229 Aschau /Chiemgau · Tel. 0 8052/2440

Steinling Alm
Machen Sie sich auf den Weg und besuchen Sie den Berggasthof Steinling-Alm – ein unvergessliches Erlebnis für Jung und Alt, am Fuße des Kampenwand-Massivs.
Wir freuen uns auf Ihren Besuch!
Ihre Familie Stein
Telefon 08052 - 2962
info@steinlingalm.de
www.steinlingalm.de

Wo schmökern am schönsten ist:
Bankerldorf® Aschau i.Chiemgau
Bankerldorf®
Sachrang Aschau im Chiemgau
ADAC
Gewinner Tourismuspreis Bayern 2014
Deutscher Tourismuspreis 2014
Nähere Infos: Tourist Info Aschau i.Ch.
Tel. 0 80 52 - 90 49 0 · www.aschau.de